O CONTÊINER

O CONTÊINER
Matheus Grasso Kauppinem

1ª edição / Porto Alegre-RS / 2018

Capa, ilustração e projeto gráfico: Marco Cena
Revisão: Sandro Andetta
Coordenação editorial: Maitê Cena
Produção editorial: Bruna Dali e Jorge Meura
Produção gráfica: André Luis Alt

Dados Internacionais de Catalogação na Publicação (CIP)

K91c   Kauppinem, Matheus Grasso
       O Contêiner. / Matheus Grasso Kauppinem. – Porto Alegre:
BesouroBox, 2018.
       184 p. ; 14 x 21 cm

       ISBN: 978-85-5527-088-8

       1. Literatura brasileira. 2. Contos. I. Título.

CDU 821.134.3(81)-34

Bibliotecária responsável Kátia Rosi Possobon CRB10/1782

Copyright © Matheus Grasso Kauppinem, 2018.

Todos os direitos desta edição reservados a
Edições BesouroBox Ltda.
Rua Brito Peixoto, 224 - CEP: 91030-400
Passo D'Areia - Porto Alegre - RS
Fone: (51) 3337.5620
www.besourobox.com.br

Impresso no Brasil
Setembro de 2018

Sumário

A consulta 7

A figura e a criatura 25

O novo mundo 41

A festa 63

A promoção 69

Boias 93

Androides..................................... 111

O contêiner 119

Gelatina 131

Ano-novo..................................... 141

O fantasma.................................... 159

O vírus....................................... 171

A CONSULTA

– Isabela? – a secretária chama. Pela terceira vez seguida, me decepciono ao ver seu corpo levantar da cadeira, posicionada atrás de uma bela mesa de granito, e pronunciar um nome diferente do meu. Artur, por favor, chame Artur. Essa sequência de letras, no entanto, insiste em permanecer distante dos lábios da mulher. – Me siga, o médico está à sua espera – a secretária diz à "Isabela". Mesmo sem conhecê-la, já a odeio simplesmente porque ela foi atendida na minha frente.

Surrada e lida dezenas de vezes, uma revista de dois anos atrás – sobre tecnologias revolucionárias e que agora, depois de tanto tempo, se tornaram ultrapassadas – me faz companhia. As outras pessoas, aparentemente aguardando de forma paciente, também possuem em um pedaço de papel a única distração durante a longa espera.

Com o canto dos olhos, os observo. Procuro e tento encontrar em suspiros e bocejos um tédio maior do que o meu. Talvez assim possa deixar de me sentir tão inquieto e sozinho. O ruído inaudível do relógio branco posicionado na parede branca, no entanto, me impede de formular qualquer pensamento diferente de especulações sobre quando minha hora chegará.

Dez minutos. Meia hora. Quarenta e cinco minutos. Uma hora. Uma hora inteira de espera. Todos ali sentados encaram de forma complacente a falta de respeito por parte do médico e sua secretária. Busco incessantemente, porém não percebo – nos outros indivíduos que ao meu redor esperam – qualquer indignação. Uma mera insatisfação que seja. Não posso, não consigo mais. Preciso...

– Olá... – me aproximo do balcão onde a jovem analisa atentamente a tela de seu computador. – Eu... – ela sequer vira sua atenção a mim. – Eu estou há algum tempo esperando e... – não queria que aquilo parecesse uma reclamação, mas era exatamente do que se tratava.

– O que foi, senhor? – não queria que parecesse uma reclamação, mas é exatamente do que se trata.

– Falta quanto tempo para minha vez? – insisto.

– Seu nome é...? – ela me encara com um olhar cansado.

– Artur.

– Artur... – a jovem repete ao retornar sua visão à tela. – Aqui. Creio que você é o quinto da fila.

– Quinto?! – exclamo, sem conseguir controlar minha voz. No momento seguinte à minha fala, noto que o volume de minha expressão de raiva havia excedido qualquer limite aceitável naquele ambiente. – Desculpe-me, mas estou esperando há mais de uma hora... – sussurro. Posso ver com minha nuca, através de uma visão existente apenas durante uma fração de segundo, os olhos das outras pessoas me julgando, me encarando e folheando mais uma página de suas revistas desatualizadas.

– Entendo que esteja impaciente... – a suave voz faz com que minha atenção deixe a cena formada em minha cabeça e volte à conversa. – Estamos com um número excessivo de pacientes hoje – a jovem tenta se justificar.

– Sim, compreendo... – me retiro sem criar uma discussão. De nada adiantaria, não seria colocado para frente da fila de espera. Derrotado, sento-me e pego a mesma revista que lia antes da inútil discussão.

Mais duas horas se passaram e minha vez parece enfim chegar, já que desde o momento em que tive a conversa com a secretária quatro pessoas saíram da sala do médico e quatro entraram. Ao som do sino de uma igreja próxima, anunciando que são quatro da tarde, a quinta pessoa atravessa a porta que separa o consultório do local de espera. Eu sou o próximo. A qualquer instante meu nome será chamado.

A essa altura, todos ao meu redor mudaram desde minha chegada. Faces totalmente desconhecidas foram substituídas. Sinto já conhecer um dos homens que se juntou a mim na infinita espera. Durante um breve instante, apenas o admiro. Tento descobrir de onde o conheço, ou se sei seu nome. Por maior que seja meu esforço, infelizmente sou incapaz de encontrar no labirinto de minha mente um fato sobre aquele indivíduo. Quando enfim tiro a atenção das linhas marcantes de sua pele envelhecida, vejo ao seu lado uma mulher cujos olhos são igualmente, e estranhamente, conhecidos.

Antes de realmente observá-la – e talvez entender por que sinto que os conheço –, o sol que ilumina o lugar e penetra a enorme janela repentinamente se apaga. Até esse momento, sem qualquer barreira à sua luminosidade, ele deixa de existir por completo. Como se fosse uma fraca e pequena vela, que luta para sobreviver durante os últimos centímetros de cera, seu brilho é facilmente esquecido para sempre. Pisco. E, quando pisco, tudo se escurece.

– É hora – um jovem que aguardava a consulta exclama. Seu rosto, incrivelmente, também me recorda o de alguém que um dia eu já soube a identidade.

Lentamente, ele se levanta e ruma em direção à janela. Atrás de seu corpo, o velho e a mulher, os quais eu observava anteriormente, formam uma fila. Além deles, uma pequena criança, de no máximo dez anos, também fica de pé naquela estranha formação. A cada segundo, as atitudes daquelas pessoas – assim como o fato de que ninguém ao meu redor parece se importar ou sequer notar o que acontece – se tornam mais bizarras.

– É hora – os quatro pronunciam ao mesmo tempo. Com um leve empurrão, o jovem que lidera a estranha ação abre a janela. Sem hesitar, ele logo se apoia na parede e sobe no parapeito. Sem olhar para trás, o homem pula. A mulher pula. O velho pula. A criança pula.

– O que está acontecendo?! – incrédulo, grito. Afundo-me na cadeira e sinto um metal gélido tocar minhas costas. Minhas mãos tremem. Meus olhos piscam incessantemente, talvez tentando de forma inconsciente acordar desse pesadelo.

– Ora, você quem fez isso – a secretária responde, séria.

– Eu?!

– É claro. Por favor, me acompanhe, agora chegou a sua vez.

Guiado por aquela voz que corta meus tímpanos e faz com que todo o som do planeta se cale, passo pela porta.

– Olá... Artur, qual é o seu problema? – o médico me recepciona. Velho, com cabelos grisalhos mal penteados, ele se levanta de sua poltrona quando entro no recinto. Sua sala está escura, assim como o lugar onde eu me encontrava anteriormente. Sem a luz do sol durante apenas alguns segundos, o uso das lâmpadas ainda não se mostra necessário. Tenho receio, no entanto, de que a penumbra perdure até o fim de meus dias.

– Não importa! – exclamo, sem apertar a mão que o homem estende. A culpa de tudo que aconteceu foi daquele indivíduo que agora sorri. Se não fosse por seu atraso, nada disso existiria.

– Como não importa?

– Aquelas pessoas pularam da janela, se mataram!

– Não, Artur. Você as matou – ele dá um gole do que parece uma garrafa de bebida alcoólica.

– O quê?! Por que vocês estão falando isso?!

– Porque é a verdade. Você tem de aceitar isso – ele me encara sério. Ainda de pé, o médico tenta me convencer de algo que simplesmente não faz sentido. – Você sequer lembra-se deles, não é mesmo?

– Estou cansado disso! – saio em disparada da sala. Antes de deixar o lugar e voltar ao corredor, olho pela janela em busca dos corpos daquelas pessoas. Com o exterior ainda escuro, tenho dificuldade de identificar qualquer o objeto. À distância, no chão, avisto algo estranho, porém não são eles. São...

No corredor, as luzes me iluminam. Desprendo-me daquele lugar tomado pela total escuridão e encontro uma claridade reconfortante. Apesar disso, é impossível que qualquer calmaria se infiltre em meu corpo. Só conseguirei deixá-la entrar quando souber o destino daquelas quatro almas.

Corro na direção do elevador e clico o botão que chama o transporte. Mesmo com a luz acesa e uma seta demonstrando que o elevador se aproxima, aperto novamente. E mais uma vez. E outra. Até que ele chega. Após um apito, as portas se abrem. Vazio, ele me recepciona. Vazio, ele carrega meu corpo até o primeiro piso.

No corredor do térreo, logo parto na direção da porta de entrada do prédio. Depois de um tempo que já perdi a noção, não a encontro. Por mais que a procure, não a encontro. Confuso, verdadeiramente perdido em um labirinto que não existe, olho por uma das janelas e noto que o chão está ainda mais distante do que no andar onde observei o exterior pela última vez. Lá fora, a escuridão ainda reina. A esmo, meus olhos buscam qualquer ponto que se destaque na imensidão de edifícios. Nada. Tudo está apagado. Morto. Morto para sempre. Quando me viro, ela me espera.

– Artur, não é mesmo? – a secretária indaga.

– O que está fazendo aqui? Está me seguindo? – me surpreendo ao vê-la.

– Quero apenas ajudá-lo – interrompendo sua voz, um grito abafado ecoa pelas paredes e faz com que as luzes pisquem apenas uma vez. O que aquele terrível grito disse, porém, foi impossível de decifrar.

– Estou procurando aquelas pessoas que pularam. Na verdade, quero apenas sair desse lugar.

– Calma, não é tão simples assim – ela responde, séria.

– O que quer dizer?

– Vamos – a mulher me puxa pelo braço assim que outro grito é produzido por alguém que demonstra passar por um sofrimento incalculável. As luzes, novamente, piscam somente uma vez.

– O que são esses gritos? O que está acontecendo?

– São pessoas que você não conhece... – ela responde sem parar de caminhar. – Elas estão gritando? É isso que ouve? Gritos?

– É claro! – respondo surpreso. – Você não?

– Eu... – ela hesita. – É melhor corrermos – a sigo simplesmente porque não há alternativa. Sei que, se continuasse rumando sozinho nesse lugar, somente me perderia em um emaranhado cada vez mais complexo. – Aqui – a jovem abre a porta de um dos cômodos do corredor. – Entre.

Dentro do recinto, um grupo de quatro pessoas nos recepciona com um olhar assustado. Uma mulher mais velha, com uma idade próxima da minha, está acompanhada por três jovens que se parecem muito, como se fossem irmãos e irmãs.

– Vocês?! – a secretária indaga. – Não sabem que não podem estar aqui?! – ela reclama.

– Pensamos que talvez pudéssemos ajudar... – a mulher responde. Os outros três permanecem atrás do corpo dela, protegidos. Fitando firmemente o chão, eles sequer olham em minha direção.

– Não, não podem! – a jovem secretária retruca. Ao meu lado, ela demonstra uma extrema aversão àquelas pessoas, algo que para mim não faz sentido. Nada aqui parece fazer.

– O que houve...? Quem são eles? – sussurro a ela.

– Nada, Artur. Eles não são ninguém – em um movimento rápido, a secretária abre a porta e retorna ao corredor. Assim que me junto à jovem do lado de fora da sala, ela fecha a entrada do cômodo em que estávamos com um forte empurrão. O som dos metais se chocando ressona. Ondas de um mar que já secou há milênios conduzem o ruído por toda a construção. Apesar de apreciar a melodia, tapo os ouvidos.

– Por que os tratou assim? Quem são eles, afinal? – indago.

– Pessoas que até poderiam nos ajudar, mas agora já é tarde demais – ela responde de uma maneira misteriosa. Aparentemente sem rumo, a secretária volta a caminhar.

– Onde está indo? Temos que encontrar aquelas pessoas que pularam! – assim que finalizo minha frase, os gritos retornam. De modo sincronizado, as luzes piscam diversas vezes durante o breve momento em que as vozes clamam por alguém que tenta entender sua própria existência. Posso sentir que elas apenas pedem para serem ouvidas. Surdos, no entanto, os ouvidos de todos que já viveram se recusam a escutá-las.

– Antes disso, precisamos sair desse lugar... – ela me fita, séria. – É perigoso se você ficar aqui por muito tempo... Pode ser que nunca mais consiga sair...

– Por quê? – questiono. – Não podemos simplesmente sair pela porta?

– Já lhe falei, não é tão simples assim – a jovem responde e retorna à sua acelerada caminhada. Sem opção, a sigo. Por horas. Dias. Anos. A sigo.

– Aqui, o elevador! – exclamo ao chamar a atenção dela.

– Como não vi antes... – ela murmura para si mesma.

– Venha, vamos sair desse lugar – adentramos o transporte e mais uma vez clico no que acho ser o botão que me levará ao térreo. Durante alguns segundos, sinto meu corpo descender. Agora, depois de tanto tempo, enfim rumo à saída.

– Me siga – a secretária diz quando a porta do elevador se abre. Antes de acompanhá-la, olho pela janela e vejo. A centímetros do toque de minhas mãos, estranhamente possível. Iluminado pelo nascer de um sol que ressurge após um século de solidão, o exterior volta a existir.

– Por que não saímos pela janela? – sugiro.

– Não podemos – ela responde sem se virar. – Venha, Artur! – a jovem completa. À distância, ainda apoiado com as mãos no vidro da janela, observo novamente a linda paisagem. Sem acreditar nas palavras da secretária, tento empurrar o vidro. Como dito pela jovem, o objeto infelizmente não se move. Realmente terei de encontrar a porta do prédio e sair pelo mesmo lugar pelo qual entrei.

– Estamos perto? – indago ao notar que ela demonstra saber exatamente o caminho que percorre.

– Perto de onde? – a secretária retruca.

– Da saída, ora.

– Você é quem me diz – ela para de caminhar e me fita.

– Eu?

– Exatamente... – ofegante, a jovem murmura. Parece, assim como eu, cansada de correr sem um destino. – Sobre qual problema você foi se consultar, afinal?

– Acho que isso não importa – respondo, porém, na verdade, não me recordo o motivo. A espera, os acontecimentos, tudo apagou minha razão de estar aqui.

– Tudo bem... – a secretária lamenta. – Estava curiosa, apenas isso... É estranho alguém ir sem saber o próprio problema.

– O que quer dizer? Eu sei por que fui, apenas não quero lhe falar!

– Está bem, Artur. Acalme-se – ela me olha assustada. – Não sei... É incomum aparecer alguém com o mesmo exato nome que o meu patrão.

– O nome dele também é Artur? Sem o "h"?

– Exatamente.

– Falando nisso, até agora não perguntei o seu nome – sugiro, através de um sinal, que a jovem exponha sua identidade.

– O mesmo que o de vocês.

Ela desaparece assim que o último fonema passa por seus lábios. Tragado por uma leve brisa, seu corpo aos poucos retorna ao lugar de onde nunca deveria ter saído. A jovem tentou me ajudar. A jovem, com toda a sinceridade de uma alma pura e ingênua, nutria uma esperança. A liberdade não existe. A saída desse lugar é um mito. Com ela, talvez até existisse uma possibilidade de que, em uma realidade distante, meus pés tocassem o chão novamente. Sem ela, sozinho, não mais. Solitário, ficarei aqui para sempre.

Rumo novamente sem um destino. Creio que em toda a minha vida caminhei do mesmo exato modo, somente não percebi. Conduzo um par de pernas irrigadas por um sangue negro, protegidas por uma massa flácida cuja cor é de um roxo putrefato. Sustento um corpo cujo único motivo é gerar sofrimento para a alma que abriga.

Meu nome não importa mais. Todos têm o mesmo. Meu passado não importa mais. Todos um dia tiveram o mesmo. Meu futuro não importa mais. Em algum momento todos terão o mesmo.

Não sei o que me guia, qual força me mantém vivo. Na verdade, pouco sei. Em um corredor cujas luzes piscam a todo momento, tento encontrar um final para minha jornada. Talvez consiga. Talvez.

– Artur!

– Artur!

– Artur!

– Artur! – depois de anos ouvindo a mesma voz exclamar meu nome, enfim paro de caminhar. – Finalmente!

– Você...? – murmuro ao ver o médico se aproximar.

– Você precisa me ajudar!

– Eu?! – me enfureço ao ouvir aquelas palavras. – A culpa de tudo isso é sua! Por que o ajudaria?

– É o único jeito de sair daqui... – ele sussurra. Apesar de seu discurso tentar transparecer a mais completa sinceridade, não posso acreditar nele. Já confei naquele homem muitas vezes e em todas as oportunidades ele causou um sofrimento ainda maior. Mesmo assim, o médico continua a viver. Alimentado por um vício, respirando um ar pesado e poluído, ele permanece aqui. De pé, ele zomba de mim com um rosto desesperado. Após ouvir seu pedido, sei que de fato nunca sairei daqui.

– Nunca sairemos, Artur. Não entende? – falo.

– O quê? Por que falaria algo assim? – incrédulo, ele me fita. – Não o encontrou, não é mesmo?

– "Ele" quem?

– O criador – o homem responde com medo em suas palavras.

– Eu sou o criador! Do que está falando?! – ultrajado pela resposta do médico, exclamo.

– Já tivemos essa conversa antes... – ele me observa com um olhar abatido. – Por favor, você tem de me ajudar, não temos tempo para isso.

– Por que não pede ajuda para "ele", então? Se sou apenas mais um aqui, o que poderia fazer? – retruco.

– Você não entende, Artur.

– Você quem não entende, Artur! – exclamo e volto a caminhar.

– Eu quero apenas morrer, desaparecer desse lugar. Será melhor para todos! – posso ouvi-lo gritar à distância antes de seu corpo, assim como sua memória, desaparecer. Mesmo esquecida nos confins do prédio, ela continuará a existir até que eu exista novamente.

Por mais que não acredite em uma palavra dele, tenho de confirmar que o homem está de fato errado. Não posso continuar a rumar sem ter a total certeza. Necessito saber que sou o criador.

Através de um caminho conhecido, chego ao elevador. Durante o breve trajeto de subida no transporte, a luz oscila e logo retorna à normalidade. Em poucos segundos, estou no terraço. As portas se abrem e revelam um cenário completamente escuro. Nuvens negras, pesadas pelas lembranças de todos presos no prédio e não por uma chuva que nunca cairá, pintam o céu.

A noite não existe. O dia nunca existiu. Aqui resta somente o infinito. Estrelas mortas, presas em uma teia, mantêm suas posições durante a eternidade. Elas permanecerão lá para sempre, escondidas atrás das nuvens, até que alguém saia do prédio. Esse dia, infelizmente, nunca chegará.

– O que quer, Artur? – uma voz pergunta.

– Quem disse isso?! – exclamo. Um vento forte bate em meu corpo e me força a manter os pés firmes no solo do terraço.

– Sou eu, o criador – entre as nuvens, um pequeno raio de sol banha minha alma.

– Não, é impossível! Eu sou o criador!

– Todos somos, Artur – ele responde.

– Me deixe sair desse lugar, por favor... – desesperado, peço. Posso sentir o poder dele, pesá-lo em uma balança. Em sua presença, deixo de ter importância. Com o aparecimento dele, não sou ninguém. Ele não é ninguém.

– Somente um de nós pode sair, assim como somente todos nós podemos sair.

– Por favor... – balbucio em meio a um choro.

– Não mais, Artur. Não mais sofrerá apenas no dia em que um de nós compreendermos – a voz vem de todos os lados. As construções ao meu redor são as cordas vocais de uma garganta gigantesca que engole meu ser a cada segundo nesse lugar. – São eles – a voz muda de tom. Durante um momento, trovoadas cortam o céu e quase me cegam. A luminosidade não é comum aos meus olhos. Depois de tanto tempo, sequer a conheço mais. O raio de sol que me ilumina não existe de fato. Ele é apenas uma criação de quem não lembra mais como é o brilho de uma estrela.

– É impossível! Nunca conseguirei. Nunca conseguiremos!

– Aqui em nossa instituição tratamos todos da melhor maneira que podemos... – explica o médico geral do sanatório Santa Maria.

– E quantos vivem aqui? – pergunta o estudante, Endel.

– Cerca de vinte – o olhar sério de Daniel fita cada um de seus pacientes na grande sala e relembra os momentos fantásticos que passou naquele lugar.

– Há alguém pelo qual o senhor... Digamos... Ficou mais intrigado?

– Todos eles, meu caro – o homem sorri.

– Entendo...

– Mas há um... – o médico recomeça. – Nosso residente mais antigo... – Daniel aponta para um dos homens que veem televisão.

– Qual a história dele? – curioso com o semblante neutro do indivíduo para o qual o dedo aponta, o estudante indaga.

– Um tanto trágica... – Daniel hesita. – Mas, se você vai trabalhar aqui, é bom que saiba – ele inicia. – Há sete anos ocorreu a causa de seu estado atual... – o médico fala enquanto guia Endel até o paciente sobre o qual conversam. – Em uma noite chuvosa, ele dirigiu bêbado e acabou por, infelizmente, se envolver em um acidente de carro... – passo a passo, os dois se aproximam do homem que assiste ao filme da tarde. – O veículo contra o qual ele se chocou tinha quatro pessoas dentro, todas morreram na hora.

– Que horror... – Endel murmura.

– Ele se culpa... Culpa-se profundamente – Daniel lamenta. – Desde que chegou aqui está assim, com esse olhar vazio. Ele trata todos os médicos e enfermeiras de um modo estranho, como se nossas palavras fossem apenas um chamado distante, um grito em um corredor de um prédio abandonado, que o assusta e o faz fechar os olhos.

– Ele sempre tem essa reação? – interessado pela história do pobre homem, o estudante pergunta.

– Sim... Nunca disse uma sílaba sequer durante nossos tratamentos e entrevistas – a apenas alguns metros de distância do paciente, o médico termina seu relato. – Pelo menos, a família dele o vem visitar todas as semanas... Infelizmente, ele deixou de reconhecê-los após o acidente.

– Os familiares conseguem conversar com ele?

– Não exatamente. Sempre que algum deles pronuncia qualquer palavra, o homem responde "Não, não podem!"

– E vocês sabem o que significa?

– Até o momento, não. Espero que você possa nos ajudar – a dupla enfim está ao lado do paciente. – Não é mesmo, Artur? – o médico, pela primeira vez durante todo o tratamento, vê o sol se refletir nos olhos do homem – Artur?

A FIGURA E A CRIATURA

– Acha que a mãe ainda está brava com a gente? – o garoto questiona. Deitado na cama, ele se arrepende da discussão que teve com os pais. Não está totalmente convencido, no entanto, de que estava errado.

– Não sei... – a menina responde. – Nunca a vi daquele jeito...

– É... – ele suspira. Sua irmã também o faz.

– Amanhã ela já deve estar bem. Sempre se esquece do que fazemos – ela diz na tentativa de acalmar seu irmão mais novo. Apenas quatro anos os separam. Na infância, entretanto, essa é uma grande diferença. Apesar disso, os irmãos são unidos, quase amigos.

– Você acha...? – o menino está preocupado com uma punição, seja a apreensão de seu *videogame* ou de seus gibis. Qualquer ação seria devastadora em meio às férias.

– Não sei, mano. Espero que sim – na escuridão do quarto, os dois trocam palavras de olhos fechados. Já passa da hora de dormirem. Já deveriam estar sonhando.

– O que fizemos nem foi tão ruim assim... – o garoto tenta se justificar.

– Esqueça. Vamos dormir – o interlocutor mais velho da conversa impõe a voz da razão.

– Está bem, mana. Boa noite.

– Boa noite.

São crianças. E, por serem, costumam dormir rapidamente. Durante o dia utilizam todas as suas energias. Quando a noite chega, estão exaustos, ainda que não percebam. O horário para dormir é imposto por alguém que sente um cansaço mesmo que ele não exista de fato. A simples passagem de tempo é suficiente para os pais dizerem que os filhos precisam dormir. Os filhos, por outro lado, os ouvem e não os desobedecem. Não sempre, pelo menos. Alguns dias, nos quais os corpos das crianças questionam as ordens dos adultos, os irmãos permanecem horas acordados em segredo. Na escuridão do quarto, debaixo das cobertas, leem os livros da irmã mais velha ou os gibis do irmão mais novo. Hoje, porém, não se arriscam. Não podem se dar ao luxo de oferecer mais um motivo de irritação por parte de seus pais. Embora não queiram, são incapazes de adormecer. Em silêncio, eles tentam. Depois de ditas as palavras que selam o fim do dia, não há mais espaço para conversas. Eles sabem disso. Mas não conseguem. Simplesmente não conseguem.

– Ouviu isso? – a menina questiona.

– Ouviu o quê? – o garoto retruca. Ambos não expõem sonolência alguma em suas vozes.

Nas sombras, sons imaginários se tornam reais. O medo do escuro é algo normal, até mesmo estranho quando ausente nessa idade. Hoje, talvez por não conseguirem dormir, estão suscetíveis às ilusões da mente. Hoje, talvez por se sentirem culpados, tentam encontrar outro motivo para seus medos. E, na madrugada, o encontram.

– Agora você ouviu?! – a garota indaga. Ela grita e, ao mesmo tempo, sussurra.

– Sim... – o menino murmura. – Acho que era o papai na cozinha – ele busca por uma explicação racional. Não há, mas ele a busca.

– É. Deve ser ele – a menina se acalma um pouco. Não o suficiente para deixar de criar suposições. – Não está conseguindo dormir também.

– Boa noite, mana – ele finaliza.

– Boa noite.

Eles voltam a fechar os olhos. Antes, durante a breve conversa, tentaram enxergar algo na mais completa escuridão. A fraca luz que passa pela única janela do quarto é insuficiente para que qualquer forma seja bem definida. A lâmpada ligada no corredor, atrás da porta fechada do quarto, tampouco fornece um cenário no qual os irmãos consigam identificar a fonte do som. Assim, se guiam somente por suas vozes. Agora, em silêncio, estão novamente sem rumo.

Alguns minutos passam e os dois continuam a pensar em como se desculpar com seus pais. Ocupam uma mente que apenas quer descansar. Inibem o cérebro de qualquer folga. Não demora para que a figura surja. Ela se alimenta das dúvidas. Ao lado da cama da menina, sorri. Dentes pontudos em uma arcada composta apenas por caninos. Seu corpo, esguio e completamente negro, se camufla. De luzes acesas, perceptível. À noite, parte da imaginação.

A figura respira sem pulmões. Espera sem ter paciência. Sem olhos, ela observa os irmãos. Sabe que não dormem. Sabe que é o momento perfeito. No restante da casa, o total silêncio. O momento perfeito. A figura se abaixa. Na janela, um corvo pousa. Eles não fazem barulho algum. Não alertam suas presas. A mão da figura se aproxima do colchão. Ela hesita. Tem pena. Seus dedos se agarram à espuma. Sem unhas. Sem fim. E então...

– Ahhhhhh!! – a menina grita. O pavor é a única reação razoável. – Algo mexeu na minha cama!!

– O quê?! – o garoto não questiona a veracidade das palavras, está apenas surpreso. Não. Está confuso. – Como assim, mana?

– Não sei!! Senti a cama inteira se mexer!!

– Tem certeza?!

– Sim! Ligue a luz! – ela exclama. A menina não sabe que o quarto foi preparado. Não atacariam sem antes criar o terreno perfeito.

– O abajur não está ligando – o menino informa depois de clicar no interruptor diversas vezes. O objeto, posicionado sobre a mesa de cabeceira que fica entre as duas camas, é a única fonte de luz do quarto. A não ser que algum deles ouse... – Não vou me levantar... – o garoto murmura.

– Nem eu! – a menina continua a gritar. Ela não grita por seus pais. E, mesmo se gritasse, eles não ouviriam. O quarto foi preparado. A casa inteira, na verdade, foi perfeitamente preparada.

– E o que faremos? – o garoto procura por uma resposta enquanto realiza a pergunta. – Tem certeza que sentiu algo? – o ceticismo dele é invejável para alguém de sua idade. É normal crer em tudo que lhe é dito.

– Calma – ela diz para seu irmão e para si mesma. – Não senti mais nada... Talvez tenha sido só uma sensação mesmo... – a menina fornecer uma razão para não deixar a sua cama. Está com medo. Apesar disso, tem ainda mais medo longe de suas cobertas. Ali, sente-se segura.

– É – o garoto concorda. Para ele, é o melhor desfecho possível. – Se sentir de novo, vamos chamar o pai e a mãe.

– Não. Eles já estão bravos demais com a gente. Vão dizer que é tudo invenção nossa, assim como disseram hoje de tarde – a menina diz. O silêncio de seu irmão é a resposta que ele é capaz de fornecer. – Vamos voltar a dormir.

– Está bem.

Os irmãos, antes deitados com as cobertas sobre os rostos, agora respiram novamente o ar que circula no quarto. Não sentem nenhum cheiro diferente. A figura é inodora. Não percebem, ao observarem os arredores, nada de diferente. A figura é invisível. De olhos fechados, tentam enfim dormir. A figura, enquanto isso, continua a sorrir.

Mais alguns minutos se passam. A figura espera que o corvo vá embora. Precisa total solidão em seu próximo movimento. De pé ao lado da cama da menina, a figura aguarda. Pelo tempo que for preciso, ela espera. Embora seja impaciente, hoje ela não conta os segundos. Hoje ela crê que tudo está perfeito. E tudo de fato está.

Lentamente, a figura se aproxima do corpo da garota. A figura se sente confortável em executar o próximo passo. É o momento perfeito. Cuidadosamente, ela conduz sua mão em direção à cabeça da menina. O cabelo escuro da jovem se camufla, porém a figura vê com total clareza. Sem olhos, ela observa o corpo da garota. Com atenção, a figura alisa o cabelo da menina. E então...

– Ahhhhhhhhhh!!! – a garota grita ainda mais alto. Agora ela tem certeza. – Algo tocou em mim!!!

– O quê?! O que tocou em você, mana?! – o ceticismo não mais pertence ao garoto.

– Parecia uma mão! Senti dedos alisarem meu cabelo! – a menina chora. O medo, em profusão, escorre em seu rosto.

– Mana... O que faremos...? – o menino gagueja.

– Mãe! Pai! – ela grita.

– Mãe! Pai! – ele grita. Por seguidas vezes, eles exclamam com todas as forças que possuem. Depois de um minuto sem resposta, desistem. – Por que não vieram...?

– Não sei, mano.

Eles não sabem o que fazer. Debaixo das cobertas, aguardam a chegada de seus pais. Têm a esperança de que em breve eles estarão ali e tudo se resolverá. Acreditam que seu pai chegará com uma lanterna e revelará a figura, o ser que causou tudo aquilo. Atrás dele, a mãe perguntará, com uma expressão preocupada, se estão bem. É o que pensam. É o que os irmãos repetem em seus pensamentos. Mas nada disso acontece.

– Eles não vão vir, mano – a menina conclui.

– Por quê? O que aconteceu com eles?

– Não sei. Não sei – ela hesita em pronunciar a próxima frase. Tem medo do que ela pode desencadear. – Um de nós tem de ligar a luz do quarto. Temos de descobrir o que está acontecendo.

– E por que você não vai?! – o garoto retruca.

– Mano... – ela tenta persuadi-lo. Não sabe se funcionará. Não tem certeza, até que se lembra. – Você está me devendo um favor, não está?

– Sim... – decepcionado, ele responde.

– Então. O que está esperando?

– Mana... Não me faça fazer isso – o garoto pede. A menina se cala e espera. Ela sabe que ele o fará.

Cuidadosamente, o menino se desprotege. Sem a coberta, está vulnerável. A figura sabe disso, mas aprecia o momento. Ainda não realiza o próximo passo. O garoto senta em sua cama. Hesita em tocar com os pés no chão em busca de seus chinelos. Tem medo de encostar em outro objeto ou, ainda mais, de encontrar o causador dos incômodos relatados por sua irmã.

As pernas do garoto pairam no ar. Ele pula da cama e calça os chinelos rapidamente. Por um breve instante, seu corpo congela. Sente saudades do calor fornecido pelas cobertas. Para sorte do menino, o instante não dura além de um instante. De pé, ele corre em direção ao interruptor de luz. Em um segundo, o garoto ativa o mecanismo. A luz, porém, não preenche o quarto. Tudo foi preparado. O quarto foi preparado perfeitamente.

– Não está ligando! – ele exclama.

– Como não está ligando? – a menina questiona.

– Não está!

– Pegue o celular! – ela tem a ideia. Provavelmente, já a teve. Mas queria ficar abrigada sob a luz do quarto antes. Quando isso se mostrou impossível, a menina resolveu falar.

– Está bem – o garoto corre até a escrivaninha do quarto. Ali é onde ele desenha e faz os temas. Ali é onde o celular está. Ali é onde a figura está sentada, pacientemente esperando. A essa altura, ela traiu sua própria essência. Nunca antes a figura demonstrou tamanha paciência. – Achei! – o menino exclama. Sua voz é preenchida por uma felicidade momentânea.

– Ligue a lanterna! – a menina instrui.

– Eu... – o garoto titubeia. Ele não sabe manusear o aparelho da melhor maneira. Demora até que ele enfim ilumine o quarto. E, quando ele o faz, a figura já se transformou. – O quê...? – o menino murmura ao observar a criatura.

A criatura é a figura. Ambos são o mesmo. Ambos corrompem a sanidade do garoto, o qual a observa paralisado. Agora, é ele quem tenta perder seus olhos. Agora, é ele quem tenta respirar e não encontra seus pulmões. Agora, ele...

– Ahhhhhhh!! – o menino grita quando a criatura pula em seu peito. Não é um ataque, muito longe disso.

– O que foi?! – a garota questiona. Na confusão, ela não vira a criatura. Não poderia, afinal, a coragem para tirar a cabeça debaixo das cobertas somente flui em suas veias agora. Enxergando a penumbra, ela vê o corpo de seu irmão lutar contra um adversário invisível. – O que foi, mano? – ela insiste. Embora presencie a cena, a menina é incapaz de ajudar seu irmão. Está petrificada. Protegida pelas cobertas, ela se nega a se juntar ao menino.

– Ahhhh! – o garoto exclama no momento em que a criatura pula de seu peito de volta para o chão. Ele a vê. Ela corre. – O que é isso?! – a criatura foge em direção ao banheiro. Não deveria ter se revelado. Ela, no entanto, não se arrepende. O que tinha para fazer ali já foi feito. – Aonde está indo? – o menino segue a criatura. Com a lanterna do celular iluminando seu caminho, ele consegue acompanhá-la.

– Mano! Aonde você está indo? – a garota indaga. Será possível que ainda não tenha visto a criatura? Não. Não é.

No banheiro, a criatura sobe na pia. Ela sabe que tem de fugir. Ao mesmo tempo, o menino chega à porta do cômodo. Ele vê a criatura. Trocam olhares. Sem olhos, se encaram por um momento. E então...

– Aonde está indo?! – o menino questiona ao ver a criatura diminuir de tamanho e descer pela pia. Ela agora não possui uma denominação e passa a existir apenas na mente do menino. Está livre, presa a alguém que já se questiona se o que acontece é real.

– O que aconteceu no banheiro? – a menina pergunta quando o garoto retorna para perto das camas.

– Ela fugiu... – ele diz.

– Quem? Quem fugiu?

– Não sei.

– Me dê meu celular – ela exige.

– Aqui – o menino se desfaz do objeto. Durante alguns segundos, a garota observa a tela.

– Eu acho que... – antes que ela possa completar sua frase, a porta do quarto é aberta bruscamente.

– O que é essa gritaria?! Vão dormir agora mesmo! Já passa da meia-noite! – a mãe deles exclama.

– Sim, mãe – os dois filhos dizem ao mesmo tempo.

Eles mal sabem que ela não é quem diz ser. A essa altura, a figura já tomou conta de seu corpo. Tudo foi planejado. Perfeitamente planejado. Do mesmo modo, a criatura agora habita o pai deles. Não sabem que as pessoas que sempre as protegeram mudaram. Um dia foi o suficiente. Uma briga.

Alguns minutos se passam e as crianças eventualmente adormecem. Pelo medo de despertarem sua mãe. Pelo receio do que a criatura pode fazer se retornar. O menino sonha com um futuro onde sua irmã não existe. A menina sonha com um passado onde seu irmão não existia. Por que o fazem? Por que seus cérebros criam um cenário em que a única pessoa confiável deixa de existir? Antes que possam responder qualquer uma dessas perguntas, o som do despertador soa. Um novo dia surge.

– Bom dia... – o garoto diz.

– Bom dia – a menina retruca.

– Será que a mãe está irritada com a gente?

– Não sei... Espero que ela tenha dormido bem... – a garota pega o celular, anteriormente deixado na mesa de cabeceira quando a mãe invadira o quarto. – Tenho de ver algo.

– O que foi?

– Ontem, quando você achou que estava usando a lanterna, também estava filmando tudo o que acontecia – ela explica.

– Nossa! Então podemos ver o que era.

– É – a menina sinaliza para que seu irmão venha até sua cama. – Aqui – ela toca a tela e inicia o vídeo.

As imagens não são as mais claras. A câmera do celular é de baixa qualidade, apenas o suficiente para registrar momentos importantes. E esse é um deles. O início da gravação mostra a escrivaninha do quarto e o menino ligando a lanterna. Em seguida, durante apenas uma fração de segundo, a figura aparece na tela. Os irmãos não a veem. Não poderiam. A figura se transforma antes que possam. Assim, a criatura surge.

– Pai...? – o menino gagueja.

– Mas como...? – a menina murmura.

Não entendem o que acontece. Não compreendem o que seus olhos transmitem a um cérebro atordoado. Por mais que não queiram aceitar, ali está o pai deles. Na escuridão, sem alma e sem olhos, a criatura. Ambos são o mesmo. Ambos existem ao mesmo tempo e, concomitantemente, só existem quando o outro se perde. Em um momento, o pai. No outro, a criatura. Trocam de forma e aparência. Ontem, aos olhos do garoto, apenas a criatura. Hoje, para os irmãos, somente o pai.

– Mas eu vi algo ontem, um animal ou algo parecido... – o menino tenta explicar o inexplicável.

– Não! – a garota exclama. – Foi nosso pai! Olhe! – ela pausa o vídeo e foca no rosto sempre sorridente da pessoa que invadira o quarto dos irmãos.

– Por que ele faria isso comigo? – o garoto logo se esquece de tudo que vira no dia anterior. Com uma gravação dizendo que suas memórias eram parte de um delírio, ele se convence. Como poderia lutar contra o que seus olhos veem? O que eles viram já não mais importa, embora tenha sido mais real do que o próprio vídeo.

– Não sei, mano... – a menina alenta seu irmão com um abraço.

– Vamos descer, está na hora – a mãe aparece na porta do quarto.

– Vamos – a garota esconde o celular.

– O que têm aí? – a mãe questiona.

– Nada – a menina desconversa.

– Não me faça perguntar de novo!

– Está bem... – a garota revela o celular.

– Ora, por que está escondendo seu celular de mim?

– Nada, mãe...

– O pai esteve aqui ontem de noite – o menino interrompe a conversa.

– Mano! – a menina repreende a atitude do irmão. Não quer irritar a mãe, assim como não quer prejudicar o pai.

– Do que está falando? – a mãe indaga. Em sua expressão, a mais completa passividade. Parece indiferente ao discurso de seu filho. – Me dê esse celular agora mesmo! – no instante em que ela se aproxima das camas para pegar o objeto, o pai surge na entrada do quarto.

– Bom dia... – ele diz e rapidamente nota que algo está errado. – O que aconteceu?

– Nada... – a menina ainda busca um desfecho diferente do inevitável.

– Eles... – a mãe começa a explicar.

– Ahhhh!!!!! – o menino grita interrompendo a mãe. Ele viu. Por um segundo, viu. Os corpos de seus pais, durante um mero instante, se transformaram na figura e na criatura. Incrivelmente, ele foi capaz de enxergá-las. Talvez por ainda crer no que vira na noite anterior. Mas não importa. Nem tudo foi planejado perfeitamente. A criatura falhou. E, em sua falha, revelou a figura. De pé na entrada do quarto, elas observam os irmãos.

– O que foi, mano? – a menina questiona. Ela ainda vê o que a realidade de alguém sã mostra. A garota é incapaz de observar o que habita os corpos daquelas pessoas paradas diante dela.

– Não! – o menino exclama e sai correndo. Ao descobrir, ele apenas corre. É o que pode fazer.

– Volte aqui! – a mãe grita quando o corpo do garoto passa por ela.

– Alguém pode me explicar o que está acontecendo...? – essas são as últimas palavras que o menino escuta.

Descendo as escadas, ele se concentra para não tropeçar. A cada passo, um novo pensamento. A cada degrau, o mundo ao seu redor perece. Primeiro, o som. Tudo se torna mudo. A conversa que sua irmã tem com os pais some. Segundo, o tato. Tudo é pegajoso e faz com que seu corpo tenha de empregar uma enorme quantidade de força para se mover. Terceiro, o olfato e o paladar. Nesse momento ele ainda não percebe que os perdeu. Tudo é o mesmo. Quarto, a visão. Tudo é incerto. O caminho que o menino percorre toma um rumo diferente daquele que seu corpo seguiu durante tantos anos na casa. Sem o que torna o corpo dele humano, ele se transforma em algo mais próximo da figura e da criatura. Ele ainda não é, porém, ele ainda não é semelhante a elas.

– Filho, volte aqui! – o pai exclama. Ele sabe que o garoto não pode ouvir. Apesar disso, ele grita. Finge que a realidade ao seu redor ainda é a mesma.

Encurralado, o menino observa um mundo em preto e branco. Os móveis da casa estão desfigurados. As cadeiras, assim como as mesas, perderam suas pernas. Os sofás não possuem seus braços. As plantas parecem artificiais e deixaram de exalar qualquer odor ou cor.

– Está tudo bem – agora, o menino só vê a criatura. Não é o pai que se aproxima. É a criatura. – Sua irmã também teve medo, mas tudo ficará bem.

Embora o garoto não consiga ver, o pai carrega uma faca. Aos olhos inocentes do menino, uma imagem turva apaga o que ele se recusa a enxergar. Em um momento, a criatura. Em outro, o pai. E ele se aproxima. O menino pensa que é para um abraço. Ele não sabe que tudo foi planejado. Perfeitamente planejado.

– O que você fez?! – a mãe grita. – Nossos filhos! – lágrimas escorrem da figura. Sem olhos, ela chora. – Por que fez isso?! – a criatura, no entanto, continua a sorrir.

O NOVO MUNDO

O mundo que conheci não é mais o mesmo. Durante o dia, o sol aquece apenas lembranças esquecidas. À noite, a lua se esconde entre os fragmentos do que ainda resta do passado. Pelas ruas, caminho ao lado de minha filha. Somos uns dos últimos sobreviventes, pelo menos é nisso que acredito. Tentamos seguir em frente e entender a verdadeira causa da ruína. Em uma tragédia, como apontar culpados? No surgimento do novo mundo, como não apontar culpados?

As calçadas se camuflam em gramas que crescem sem a interferência da mão humana. Os caminhos que um dia seguimos servem de guia para os que morreram. Eles ainda conseguem ver o que uma vez fomos. Nós, os que vivem, lutamos para enxergar uma passagem. Precisamos de apenas isso, uma passagem. Para onde iremos, não importa.

Carros inundam as ruas. Abandonados e velhos, tiveram seus combustíveis roubados há muito tempo, no princípio do surgimento das criaturas. Muitos disseram que elas foram responsáveis pelo desaparecimento do velho mundo. Muitos defenderam a presença delas e as acolheram, tentaram curá-las. Muitos aceitaram o novo mundo de braços abertos. A maioria se surpreendeu ao ver o que as criaturas verdadeiramente eram. Todos sabiam. Mas se recusavam a ver.

– Estamos chegando? – minha filha pergunta. Ela é o único motivo de meus pulmões ainda serem capazes de respirar.

– Espero que sim.

Solitários, juntos. Temos a companhia um do outro. É tudo o que temos. Rumamos ao lugar onde esperamos encontrar respostas. Pelas ruas da antiga cidade, forjamos um novo caminho. A cada passo, uma pegada surge. Um sinal da presença de vida é impresso no chão, marcado para sempre. Contudo, toda vez em que olho para trás, nada vejo. Não deixamos rastro, assim como seguimos um caminho demarcado por pegadas que já se apagaram.

– Aqui parece um bom lugar para procurarmos por suprimentos – digo à minha filha.

A casa se destaca na antiga cidade. Qualquer casa se destacaria aqui. Em um ambiente composto quase exclusivamente por prédios cujos finais residem ao lado das nuvens, uma construção pequena transmite uma sensação acolhedora. Lembro os tempos em que o mundo existia e a maioria dos lugares abria suas portas a seus residentes e a visitantes.

– Que lugar é esse? – minha filha questiona. Ela se surpreende pela atmosfera existente ao redor da casa. Nunca antes seus olhos viram algo semelhante. Nascida no berço do fim, esse é o único mundo que ela conhece.

– É uma casa, filha – ela me fita com estranheza. Não entende o que digo. Não poderia. Afinal, pronuncio palavras que ela nunca aprendeu. – Vamos.

A fachada da casa não escapou da decadência da antiga cidade. As pinturas nas paredes são escuras, assim como todos os prédios ao redor. As janelas, por sua vez, abrigam uma quantidade tão grande de poeira que torna impossível enxergar o que existe no interior da construção. A pequena escada, que permite o acesso à porta principal, range a cada degrau vencido. Ela reclama por abrigar visitantes depois de tanto tempo. Não está acostumada a sentir o peso de alguém. Principalmente de alguém vivo.

– Entre, filha – digo ao abrir a porta. Tudo aqui faz um barulho silencioso, porém perfeitamente audível. Em um cenário cercado pelos sons de carros, da televisão e de conversas, a casa ficaria calada. Agora, em meio ao completo nada, ela grita.

– Parece mais frio aqui dentro... – minha filha reclama. O interior da casa faz com que um arrepio percorra nossos corpos. Eu, entretanto, me sinto confortável.

– Procure lá que verei se acho algo aqui – organizo a busca por ferramentas, comida ou, caso a sorte resolva nos presentear, respostas.

Abro a porta de um dos cômodos internos e encontro um quarto. Ele fora o aposento de um casal. A cama, no entanto, se transforma em uma de solteiro no instante em que o cômodo encontra o novo mundo. Perto da parede, um enorme armário. Ao lado dele, uma cristaleira. Consigo ver seu conteúdo antes de abri-la. Meus olhos passam pelos objetos de quem morou aqui quando o antigo mundo ainda existia. Um porta-retratos. Nele, a foto de um casal sorridente e de duas crianças que parecem seus filhos. Um colar. Em certo ponto de sua linha dourada, um pingente. Nele, a forma de um coração representa a união de duas pessoas que se apaixonaram. Em cada lado do pingente, a foto de um deles. E, por fim, um relógio. Os ponteiros se movem freneticamente, conduzindo um tempo que deixou de ser contado desde o surgimento das criaturas.

Cuidadosamente, pois tudo aqui demonstra que se desintegrará a qualquer momento, giro a maçaneta que permite o acesso à cristaleira. Ela se infecta pelo novo ar. A foto agora abriga somente o rosto do homem. A mulher que o acompanhava desaparece. As crianças também somem. Da mesma forma, o rosto da jovem inexiste no pingente. O homem, mais uma vez, está sozinho. Em todos os lugares, sozinho. O relógio, enquanto isso, para de girar. Deixa de funcionar por completo.

– Achou algo? – minha filha indaga ao aparecer na entrada do quarto.

– Não... – murmuro. O homem está vivo. Para onde foi? Como conseguiu sobreviver vivendo aqui durante o início, no epicentro? Como ele lutou contra os fantasmas das criaturas?

– O que tem aí? – ela insiste, curiosa com o que eu encontrei. Seus olhos, porém, não podem ver o que se tornou o novo mundo. Se um dia ela souber como era, simplesmente desistirá. Foi isso que todos fizeram. E não os culpo.

– Já falei, nada – delicadamente, fecho a porta da cristaleira. Novamente esquecido no passado, o móvel volta a abrigar memórias felizes. O ar da cidade não entrou em contato com os objetos tempo suficiente. O casal e as crianças sorriem na foto. A mulher observa seu parceiro no pingente. O relógio reinicia seu infinito percurso. – E você?

– Nada também – ela suspira. Ela ainda suspira. Em alguma parte de seu corpo, cultiva uma esperança irracional. Para mim, isso já basta. Enquanto puder vê-la suspirar, saberei que nosso objetivo permanece possível. A decepção, no momento, é o melhor que temos ao nosso dispor.

De volta à rua, seguimos nossa viagem. Ela já dura anos, desde o nascimento de minha filha e a consequente morte de quem a trouxe ao novo mundo. Seu nome se perdeu, assim como o nome de quem caminha ao meu lado nunca existiu. Nomes são supérfluos aqui. Sempre foram, mas isso só se tornou claro quando o antigo mundo ruiu.

– O que é aquilo?

– O quê? – retruco a pergunta.

O novo mundo

– Aquilo – a mão de minha filha aponta para o horizonte. Nele, encontro a fonte do que chamou sua atenção.

– Não sei...

Uma luz. Uma gigantesca e imponente luz. Artificial, obviamente. Fabricada por alguém que já deixou a cidade e busca segurança das criaturas em outro lugar. Por que a deixaram acesas? Só podem ter saído às pressas, é a única explicação. Mas o que pode ter os assustado a ponto de desperdiçar energia em uma escala tão magnífica? As criaturas amedrontam qualquer um que ouse observá-las, porém acho difícil que esse seja o caso.

Ainda que sinta certo receio em seguir na direção da luz, o faço. Minhas perguntas e suposições são meras especulações. Uma resposta concreta é somente um desejo irracional. Por esse motivo, acompanho minha filha. Ela é quem se encanta pela luz. Eu, por mais que negue, tenho medo do que posso encontrar lá.

– Tem certeza de que não sabe?

– É um prédio... – inicio, porém sou interrompido.

– Isso eu sei! Estou perguntando o que é esse brilho. Parece que o sol caiu!

– É luz, filha.

– Luz? Achei que somente o sol a tivesse.

– Não... – fito seus olhos, duas esferas vermelhas que queimam em uma maior intensidade do que qualquer estrela. – É luz "artificial" – é complicado explicar o conceito a alguém que nunca o imaginou. – Ela existe a partir de uma fonte de energia, transmitida através de uma máquina... O que você está vendo são as luzes dos diversos apartamentos do prédio. Lembra aquelas bolinhas brancas que ficam nos tetos dos lugares?

– Sim...

– Então... Elas não são inúteis como falei, esse é o propósito delas.

– Nossa... – ela acompanha a mudança de luminosidade à medida que o sol se põe. – E de noite, elas também se apagam?

– Não, continuam acesas.

– Elas são melhores do que o sol!

– É... Melhores do que o sol...

A essa altura, estamos a cerca de dez quadras de distância do prédio iluminado. Com o descanso da estrela fumegante, a imponência da construção se torna ainda mais majestosa. Embora seja difícil de admitir, ela é de fato melhor do que o sol. Mesmo que seja durante apenas alguns instantes, somente enquanto ainda aprecio sua beleza.

– O que mais você deixou de me contar? – minha filha pergunta.

– Nada. Tudo o que precisa saber, você sabe.

– E o que existe além da cidade, além das ruínas? Algum lugar realmente sobreviveu?

– Como lhe disse, você sabe tudo o que precisa saber. Essas são perguntas que sou incapaz de responder.

O prédio logo cresce de tamanho em nossa visão. Em poucos minutos, estamos parados diante dele. Hesitamos. É natural, principalmente para alguém que nunca entrou em um lugar que abrigasse algo diferente de memórias esquecidas. Mesmo na casa, é somente o que existe aqui.

— Não acha melhor deixar para amanhã? – minha filha indaga.

— O quê? Era você quem queria vê-lo – observo seu rosto e vejo um verdadeiro teatro. As emoções ali expostas são fabricadas, fruto de algo que ela sequer sabe sentir. – Filha, é incrível... Você vai ver, vamos – lidero a entrada no prédio. Por um momento, ela me fita à distância. Questiona-se o quão maior é sua curiosidade em relação ao receio de encontrar uma criatura.

— E se estiver aqui? E se, assim como nós, tiverem seguido essa luz? – ela pergunta ao se aproximar.

— Guarde seus questionamentos para o momento certo – seguro sua mão e olho no fundo de seus olhos.

— Tudo bem, pai.

O brilho da luz cega nossos olhos. Ele ofusca nossa visão e nos força a cerrar as pálpebras. Fazemos o que podemos para tornar a adaptação ao prédio um processo menos doloroso. É uma mudança drástica, um retorno ao antigo mundo. Por mais que seja uma simples porta, a qual entramos e saímos a cada segundo, estamos acostumados ao ambiente que nos cercou por tanto tempo.

— Obrigada, pai – um abraço forte sinaliza o agradecimento pelo incentivo em entrar no edifício.

— De nada, filha.

— Vamos procurar por algo que funcione.

— "Funcione"?

– É. Existiam certos aparelhos que usavam a "luz" para facilitar nossas vidas de todas as formas imagináveis. Na escuridão, voltamos a ser dependentes de nós mesmos. Eu e você conseguimos nos adaptar, porém a maioria... Bem... – a história pode ser contada de outra maneira. Omitir alguns fatos, principalmente dos ouvidos de minha filha, é a única alternativa que tenho. Se eu luto para entender o que sabia com total certeza no dia anterior, imagine ela. Ela não entenderia.

– Facilitavam de que maneira?

– Agora não é pertinente... – sinalizo para que ela inicie a busca.

O prédio, pela forma como os recintos internos são distribuídos, é residencial. No primeiro andar, não há apartamento algum, apenas uma ampla sala de recepção. Nela, dois sofás tomados pelo novo mundo servem como única decoração, já que nas paredes a pintura continua negra. Nenhum quadro está exposto, qualquer imagem um dia feita se perdeu. Por mais que o edifício possua energia, ele foi incapaz de frear o avanço do que destruiu tudo.

Sem nada de interessante no térreo, rumamos ao primeiro andar. O cenário é parecido ao encontrado em todos os outros lugares anteriormente visitados. A diferença é que aqui a luz nos ilumina. E ela revela segredos que esperaram anos para serem descobertos.

– O que é isso, pai? – procurando por algo em um dos dois apartamentos que compõem o andar, minha filha chama minha atenção.

O novo mundo

– Já estou indo – rapidamente, vou ao encontro dela.

– Nunca vi nada parecido – seu dedo indicador aponta a um...

– É um *videogame*.

– O quê? – seus ouvidos estranham uma nova palavra. É algo incomum.

– Deixe-me tentar ligar antes... – esperançoso, clico no botão do *videogame* e, em seguida, na televisão posicionada ao lado dele. Minha filha, apesar de ter visto uma televisão poucas vezes, sabe o que ela é.

– Ligou! – ela exclama assim que uma imagem aparece na tela.

– É, ligou... – murmuro. Surpreendo-me por o aparelho ainda funcionar. É de fato incrível que tenha resistido aos avanços do novo mundo.

– O que podemos fazer com ele? Como ele facilitará nossas vidas? – perguntas são despejadas por uma mente que anseia por conhecimento.

– É complicado dizer... – tento formular uma explicação que faça sentido. – Ele facilita nossas vidas fornecendo prazer por determinado tempo. Um *videogame* serve para divertir seu usuário – digo uma definição rasa, porém é tudo o que minha filha precisa entender.

– "Divertir"? Como?

– Vivendo a vida de outros personagens em aventuras muito distantes deste mundo – a cada palavra pronunciada por mim, seus olhos ficam mais confusos.

– Aqui, acho que só entenderá na prática – entrego um dos controles a ela.

– Está bem...

Na televisão, três opções de jogos se apresentam. Sem saber diferenciá-las, seleciono a primeira. Quase instantaneamente, uma música começa a soar pelo recinto. Na tela, surge a marca da produtora e depois da desenvolvedora. Em seguida, uma introdução revela os personagens do enredo. O menu do jogo permanece imóvel por um momento, até que percebo que tenho de clicar em um dos botões para iniciar.

– E o que eu faço? – minha filha indaga. Seu interesse logo cresce. Seu ceticismo é apagado pela curiosidade. Seus olhos brilham e refletem a luz. De todos os lados, ela nos ilumina. É um momento único.

– Tente ficar junto comigo – olho para os dedos de minha filha. Eles não sabem o que fazer, seguem os comandos de uma mente completamente perdida. – Aqui, olhe. As setas servem para movimentar seu personagem e este botão aqui o faz pular – explico os comandos básicos do jogo de plataforma.

– Isso é difícil... – ela reclama ao ver uma vida a menos em seu contador.

– Realmente... – comento quando também perco uma vida. – Não somos os melhores – completo rindo.

– É – ela também ri. Depois de anos. Talvez seja a primeira vez. De fato não lembro.

Por horas, continuamos ali. Com os controles em mãos e os olhos fixos na tela, adentramos a noite jogando.

Nunca antes minha filha se comportara como alguém de sua idade. A realidade exigiu que desde seu primeiro aniversário ela tomasse atitudes de um adulto. Mas hoje não. Hoje ela joga e ri como uma criança. E eu, pela primeira vez, sinto que sou seu pai.

– Acho bom descansarmos – falo quando os primeiros raios de sol refletem nas janelas do apartamento.

– Só mais um pouquinho...

– Tudo bem... Mas só até passarmos desta fase.

– Está bem.

Quando enfim completamos o nível em questão, encontramos um lugar para dormir no apartamento onde passáramos as últimas horas. Com suprimentos suficientes, não nos preocupamos em buscar alimentos para realizar uma refeição antes de dormir. Assim, satisfeitos com a janta ou café da manhã – dependendo do ponto de vista –, colocamos nossas cabeças nos travesseiros.

– Pai, acorde! – em meio a um sonho, ouço minha filha. – Acorde!

– Hã...? Já está na hora? – esfrego os olhos e observo um exterior escuro.

– Não exatamente... Já é de noite, mas lhe acordei por outro motivo.

– Qual? Aconteceu algo? – preocupo-me que alguma criatura tenha nos encontrado.

– Não, nada... Queria apenas continuar jogando... – ela murmura sem jeito.

– Filha... – fito alguém que pede com medo de ouvir um não. Já o fiz tantas vezes que ela se acostumou. – Sabe que temos de continuar.

– Só mais hoje, pai. Por favor.

– Filha...

– Por favor – ela exibe olhos que desejam apenas observar o jogo uma última vez.

– Tudo bem... Jogaremos até o nascer do sol. Quando isso ocorrer, temos de continuar.

– Sim, pai, é claro – seu sorriso preenche quase todo o seu rosto. – Obrigada! – um abraço sinaliza o quão agradecida ela está por poder jogar novamente.

Em frente à televisão e ao *videogame*, assistimos ao surgimento do logotipo da produtora e da desenvolvedora. São diferentes em relação aos vistos no dia anterior. Estranhamos a mudança, porém aguardamos o aparecimento do menu do jogo. E, quando ele se forma na tela, também é completamente distinto do que observáramos ontem.

– Estranho... – murmuro.

Clico no botão do controle que faz com que o menu desapareça e o jogo se inicie. Uma imagem surge. É a representação, em preto e branco, de uma cidade. A ilustração de baixa resolução delineia prédios e casas em um cenário estranhamente parecido ao que nos cerca. O que os diferencia são as criaturas. No mundo exposto na tela, elas ainda não existem.

– O que é isso? – minha filha indaga.

– Não sei...

Três opções são reveladas: seguir em frente; entrar no prédio; atravessar a rua. Aos poucos, o jogo toma a forma de um estilo pouco difundido, no qual escolhas são feitas com base em textos. Nesse estilo, a história se desenvolve a partir de cada decisão, formando um enredo muito mais complexo do que um simples jogo de plataforma.

– Vamos seguir em frente – minha filha diz. Após uma breve hesitação, sigo sua sugestão.

O personagem segue em frente. Ele não aparece na tela, é como se víssemos através de seus olhos. Ainda não sabemos se alguém o acompanha. Na verdade, pouco sabemos no momento. Assim, outra imagem é desenhada. São os mesmos prédios, parece que o personagem andou apenas uma quadra, o suficiente para que outras opções aparecessem: seguir em frente; entrar na casa; atravessar a rua; voltar.

– A casa, pai...

– O que tem ela?

– Olhe – minha filha sinaliza para a representação da construção. Apesar de ser difícil de identificar exatamente, a estrutura do jogo se parece muito com a que vimos no dia anterior. Ela, no entanto, está em perfeito estado.

– Estranho... Acha que é a mesma?

– Não sei...

A imagem seguinte mostra a fachada da casa. É exatamente igual. Não pode ser, mas é. Como isso é possível? Ainda que esteja completamente confuso, continuo calmo e acompanho o surgimento da imagem seguinte. É o interior da casa. É exatamente igual. Não pode ser, mas é. Tudo está no mesmo lugar. Os móveis, antes destruídos, tomam sua forma original. O mesmo se aplica à pintura nas paredes, que se expande impecavelmente por tudo. Na verdade, todo o interior da casa está perfeito.

Perguntas surgem a todo momento. Eu e minha filha nos entreolhamos e tentamos colocar algum sentido no que vemos. O jogo reproduz fielmente o que passamos. Seu gráfico se torna mais real a cada segundo. Uma imagem desfocada se transforma em fotos perfeitas. Por final, um vídeo começa a passar na tela. Ele representa uma realidade alternativa, que existe apenas dentro do *videogame*. Pelo menos é nisso que acredito, até que ouço a voz do protagonista do jogo...

– Estamos de volta!

– Bom dia, amor. Como foi? – minha esposa pergunta.

– Tudo bem... Pegamos alguns suprimentos, o pessoal no supermercado parecia bem preocupado.

– Não lhe falei? Foi bom irem agora, antes que essa epidemia saia do controle.

– "Epidemia", mãe? – o meu filho, que fora ao supermercado comigo, indaga. – O que isso significa?

– Nada, filho – Helen desconversa. – É assunto de adulto.

– Junte-se a sua irmã, tenho certeza de que ela está ansiosa para continuar o jogo.

– Sim, pai. Eu também estou – um instante depois de completar sua frase, Pedro sai correndo em direção ao quarto das crianças.

– E então... – a sós com minha esposa, posso falar sobre a epidemia de uma forma mais séria. – O que falaram na televisão? – nos últimos dias, alguns casos de pessoas ficando repentinamente doentes foram reportados por toda a cidade.

– Nada de novo. Apenas pediram para que todos fiquem em suas casas... O mesmo papo de sempre.

– Bem, é isso que faremos a partir de agora – digo ao depositar as sacolas em cima da mesa.

– Espero que descubram logo o que é...

– Não se preocupe com isso... Tenho certeza que em breve saberão.

– Sim, claro... – ela murmura. – O que me preocupa é o que os vizinhos e os nossos parentes falaram, não o que a televisão diz.

– Ligou para sua família? – me surpreendo com a notícia.

– Sim, queria saber como estavam – por um momento, Helen se cala e aguarda a chegada de uma nova frase. – Eles disseram que as pessoas doentes se transformam, Felix.

– Se transformam?! – retruco sem entender seu discurso.

– É... Mas devem ser rumores, invenções criadas para as pessoas terem medo.

– Por que criariam um negócio desses?!

– Quer saber? Esqueça que falei isso... Vou preparar a janta – sem permitir que eu diga qualquer outra palavra, minha esposa caminha rapidamente em direção à cozinha.

Enquanto aguardo pela janta, repito as mesmas perguntas diversas vezes. Por que inventariam tal fantasia? Por que Helen está tão preocupada? Estou me deixando levar por seu medo? Enfim, é difícil saber com total certeza, porém a epidemia tenta afetar os residentes da casa mesmo sem deixar ninguém doente. Precisamos ser mais fortes do que isso.

– Foi culpa sua! – Pedro exclama para sua irmã ao sentar à mesa de jantar.

– Se não fosse por você, ainda teríamos vidas suficientes! – Paula retruca.

– Problemas com o joguinho de vocês? Terei de ajudá-los? – pergunto para irritá-los. Eles sempre reclamam quando tento passar das fases e acabo somente piorando a situação em que se encontram.

– Não! – os dois respondem prontamente.

– Está bem, calma... – digo sorrindo. O restante do jantar transcorre normalmente. A discussão sobre o jogo cessa. A conversa sobre a epidemia sequer surge.

– Mãe... Não estou me sentindo muito bem... – Pedro diz ao final da janta.

– Filho? O que foi? Está com dor de barriga?

– Não sei... Não estou me sentindo bem.

– Deixe-me ver. – Helen encosta a mão no pescoço de nosso filho. – Você está queimando!

– Isso é ruim? – ele pergunta.

— Claro que é, filho... – minha esposa responde sorrindo. – Mas você ficará bem, precisa apenas descansar e tomar um remédio.

Quatro meses se passaram desde o início da febre de Pedro. Os médicos não sabem do que se trata. Eles compararam os sintomas de meu filho com os apresentados pelas pessoas infectadas pela epidemia, dizendo que são muito parecidos. Pedro, no entanto, não reagiu aos medicamentos e aos tratamentos. Seu estado, infelizmente, piora a cada dia. Helen se preocupa que ele simplesmente desista, que seu corpo ainda não seja forte o suficiente para resistir. E, sinceramente, esse é um medo que compartilho. Todas as noites, ouço-a chorar em nossa cama. Virado para o outro lado, com a cabeça afundada no travesseiro, faço um esforço imenso para manter as lágrimas dentro de meus olhos.

— Olá, doutor. O que houve dessa vez, alguma notícia sobre o estado de Pedro? – indago ao passar pela porta do quarto onde meu filho está internado.

— Na verdade, o chamei aqui por outro motivo – o médico aponta a um lugar do recinto. Escondida atrás de um armário, minha esposa se revela e me dá um susto.

— Para que isso? – confuso com a situação, pergunto.

— Amor... – Helen se aproxima lentamente de meu corpo. – Teremos mais um bebê – seu sorriso transmite a mais completa felicidade.

— É sério? – contenho as lágrimas enquanto consigo. Como resposta, minha esposa balança a cabeça positivamente. – Isso é incrível, amor! Quando descobriu?

– Bem... Foi no início desta semana, estava aqui visitando nosso filho e o médico percebeu meus hábitos... diferentes – ela confessa, sem parar de sorrir por um instante sequer. – Já suspeitava que estivesse grávida, mas o doutor me sugeriu fazer os exames e... Foi isso.

– Que incrível, amor – um beijo sela o fim da revelação que completará nossa família. A felicidade que sentimos é realmente indescritível.

Dois meses se passaram desde que ouvi a notícia que teria outro filho. Nesse tempo, uma montanha-russa de emoções atingiu nossa família, principalmente pelo inevitável falecimento de Pedro e pelo posterior descobrimento de que Paula estava infectada pela epidemia. Perto dos últimos dias de meu filho, foi esclarecido que o caso dele se tratava de uma variação muita rara do vírus, existente apenas em outra pessoa em todo o país. O funeral de Pedro foi certamente o momento mais difícil que tive de passar. Se não fosse por Helen, Paula e a criança que nascerá em breve, duvido que conseguiria me manter são por muito tempo.

– Alô? – a ligação é de minha esposa.

– Felix... – a voz dela está rouca e baixa. Ao fundo, ouço um choro contido.

– O que aconteceu, amor? Está tudo bem?

– Nossa filha, feliz... Paula se foi...

Nos últimos meses, a nossa casa perdeu toda a sua vida. As paredes agora são pintadas por um tom completamente escuro. Os móveis, por sua vez, se quebraram e sustentam apenas um enorme vazio. A morte de meus dois filhos foi mais dura do que eu poderia imaginar, principalmente a de Paula, que ocorreu de uma maneira tão repentina. Não que lamente menos por Pedro, porém digeri sua partida ao longo dos vários meses de tratamento. O que importa é que não consigo encontrar algo com o qual me importe. Tenho dificuldades em dar valor a qualquer assunto ou pessoa. Até mesmo Helen se tornou alguém distante. Prestes a dar a luz, ela luta contra as criaturas que habitam nossa casa e tentam dominar seu corpo. Enquanto carregar nossa filha, entretanto, sei que será forte o suficiente. Eu, por outro lado, me questiono todos os dias. Em minha realidade, as criaturas já dominaram o mundo há muito tempo.

– Felix... – Helen gagueja. – Acho que a bolsa estourou.

– Vamos! – exclamo ao levantar da cama. Os lençóis corroboram a suposição de minha esposa.

Assim, em poucos minutos, estamos no hospital. Sou obrigado a ficar do lado de fora da sala de parto. Os médicos disseram que será um parto longo e complicado, que minha presença ali seria impossível dessa vez, mesmo depois de eu explicar que já havia presenciado o nascimento de meus outros dois filhos. Sem outra opção, aguardo por notícias na sala de espera.

– Felix? – o médico se aproxima com um olhar triste.

– O que foi, doutor? Minha filha está bem?

– Sim, ela está bem...

– E por que essa cara?! – exclamo com felicidade.

– Sua esposa, Helen, ela não resistiu.

– Helen...? – meu corpo estremece e perde todas as suas forças. Busco por um apoio e encontro uma cadeira. Mas ela não é suficiente. Nada poderia ser.

– Quer ver sua filha?

– Sim, claro... – gaguejo palavras que não fazem mais sentido para mim. Cansei de resistir. Simplesmente cansei.

– Acompanhe-me, por favor – o homem me guia até a sala onde minha filha está dentro de um berço especial. O longo corredor é infectado por uma atmosfera nefasta. Sinto que às minhas costas a escuridão domina o mundo que conhecia. À minha frente, não vejo o corpo do médico. Vejo apenas o surgimento de um novo mundo.

– Ela está bem? – pergunto.

– Sim. Foi complicado, mas ela ficará bem.

Aproximo-me lentamente de minha filha. A cada passo, vejo a foto que guardo em meu quarto perder um rosto. Primeiro, Pedro. Depois, Paula. Por último, a pessoa cujo rosto também é exibido no colar. Todos desaparecem. Todos os nomes são esquecidos, assim como nenhum novo surge. Inevitavelmente, o mundo é dominado pelas criaturas. As ruínas de minha casa se espalham por toda a cidade e tomam conta do hospital. Todas as luzes se apagam indefinidamente. Nada existe além do par de olhos que me observa ao despertar pela primeira vez.

– Oi, filha... – gaguejo em meio a um choro. – Papai cuidará bem de você.

A FESTA

Por que eu? Por que ela me escolheu? Eu mereço seu amor? Certamente, não. Eu mereço beijá-la? Nem se quisesse seria possível. Minha boca, presa por uma proteção, não consegue executar tal movimento. Mesmo assim, ela se aproxima. Mesmo assim, ela toca seus lábios nos meus. Paralisados, eles não enviam impulso nervoso algum ao meu cérebro. Ela me beija, porém eu não a beijo.

– Está tudo bem? – ela indaga.

– Sim, estou bem. – o álcool escapa por entre meus dentes e rebate em minha língua antes de voar pelo ar.

Continuamos dançando. Pulamos em uma música animada. Nos abraçamos em uma música lenta. Bebemos nos intervalos. Trocamos elogios e promessas. Embora nos conheçamos há menos de uma hora, declaramos amor um ao outro. Talvez seja o álcool em nosso sangue. Talvez sejam as frustrações da vida. Talvez seja o fato de que, quando a festa terminar, voltaremos a não ser amados por ninguém. Afinal, não é o amor que nos une. É a falta dele.

– Vou ao banheiro – ela diz.

– Está bem.

Um minuto. A mesma música de quando ela saiu. Cinco minutos. A música seguinte toca e a festa pulsa com o novo som. Dez minutos. A música emana por todas as paredes do lugar, menos nas do banheiro. Lá, ela deixa de existir.

– Ei! – um homem exclama. – É! Você! – ele insiste quando olho em sua direção. – Há quanto tempo! – o jovem diz ao se aproximar. No momento em que vai falar meu nome, porém, ele nota que não se lembra. Possivelmente, culpa do álcool. Possivelmente, culpa dele.

– Oi. Tudo bem? De onde nos conhecemos? – pergunto.

– Da praia, não se lembra?! – ele exclama. – Já bebemos muitas vezes durante as noites na areia.

– Aquelas noites... – murmuro ao perceber que, de fato, aquele indivíduo me conhecia.

– Lembrou, não é mesmo? – ele ri. – Não vai mais para lá?

– Não... – a proteção em meus lábios começa a me incomodar.

– Por quê? Era tão incrível!

– Eu sei, lembro bem... – a proteção em meus lábios continua a me incomodar.

– Tenho saudade daquela época, sabe? Um tempo sem preocupações.

– É... – a proteção em meus lábios parece se desgrudar. – Desculpe, tenho de ir.

Corro até o banheiro. Durante o caminho, sinto a proteção descolar. Presa desde meu nascimento, ela cede.

Logo agora. Por que agora? Finalmente, entro no banheiro. Olho-me no espelho e vejo a proteção levantar a pele de meus lábios. Sem dor. Sem sofrimento. Ela cai.

Deixo o banheiro e sinto minha boca se tornar completamente seca. A saliva não existe mais ali. Toco em meus lábios e sinto uma gosma espessa preencher os pequenos espaços entre meus dentes. Microscópicos, eles se enchem com o líquido. Um sorriso perfeito. Um sorriso que não é meu.

Caminho pela festa em busca dela. Agora, poderia de fato beijá-la. Vejo rostos conhecidos, faces totalmente estranhas. Um a um. Uma a uma. As músicas passam. As identidades se perdem na multidão. Circundo a festa inúmeras vezes, até que encontro uma porta estranha que chama minha atenção. Vermelha, ela se destaca e conduz minha mão até sua maçaneta. Giro o gélido metal e abro a porta. Dentro do lugar...

Duas pessoas. Um casal. Olhos que... São os dela. Os pais dela? O que fazem aqui? Dou um passo dentro do cômodo. Eles não notam minha presença. Parecem estar em outro lugar e aquela ser apenas uma projeção de suas existências. Seus movimentos são leves, fluidos. Duas cópias perfeitas.

Sem encontrá-la ao lado de sua família, sigo meu caminho e abro a porta do outro lado da sala. Um corredor negro é o próximo passo de minha jornada. Aonde vou é uma pergunta que sou incapaz de responder. Caminho pela escura passagem. À minha esquerda, a parede expõe um grupo de pessoas dançando uma valsa lentamente.

Sem uma porta de acesso ao lugar, me contento em observá-los. Movimentos precisos, olhares conectados. À minha direita, a mesma cena se repete. Ali, porém, há uma porta.

Ao abrir a entrada, a cena vista de fora não se repete. Duas pessoas. Um casal. Olhos que... Não sei se são os dela. Alguém que conheço? O que faço aqui? Não há para onde ir a partir desse lugar. Preciso voltar. Viro-me e dou um passo para fora do cômodo. Fecho a porta e retorno ao escuro corredor. Tento continuar meu caminho na passagem, mas percebo que esse é seu fim. Decido percorrer os mesmos passos anteriormente realizados e voltar em direção à festa.

Caminho lentamente, sem a certeza de que para onde rumo há um futuro. Pergunto-me se retornar à realidade onde ela não existe é realmente a única opção. Se houvesse outra, eu certamente escolheria. Olho ao redor. Movimentos precisos, olhares conectados. A cena se repete por todo o corredor. Enfim, chego à entrada que dá acesso ao lugar onde encontrei os pais dela.

A porta, à medida que me aproximo, desaparece. A parede, aos poucos, adota as mesmas características das que compõem o corredor. Vejo através do cimento. A porta não mais existe. Assim como a parede da esquerda, não há entrada para o lugar onde vejo os pais dela jantarem. Paralisado ao ver que não há saída, observo o casal realizar a refeição. Movimentos leves, fluidos. Desinteressantes, até que...

Ela surge. O vão da porta revela que a festa ainda ocorre. Seu corpo passa pela soleira. Sua mão fecha novamente a única rota que meu corpo já percorreu aqui. Lentamente, ela se aproxima de seus pais. Em uma terceira cadeira, ela senta confortavelmente. Em um terceiro prato, sua comida se materializa.

Toco a parede e sinto o cimento amolecer. Não posso acreditar. As paredes me permitirão encontrá-la. A felicidade preenche meu ser enquanto atravesso o estranho muro que me separa dela. Centímetro por centímetro, me aproximo. Tão perto, até que... Tudo congela.

Preso na parede, imóvel. Nenhuma sensação nefasta domina meus pensamentos, não se consigo vê-la. Incapaz de tocá-la, a contemplo enquanto ela sequer imagina que estou ali. Um choro de felicidade escorre em meu rosto e consegue cavar um pouco a intransponível parede. Ela é, porém, de fato intransponível.

Pela eternidade, fico nesse lugar. Mesmo depois de a festa acabar e todos irem embora, a vejo. Mesmo depois de anos se passarem, ainda fito seu jovem rosto. À minha espera, rindo de piadas que nunca contei, ela sorri para a parede na qual estou preso. Tento sorrir de volta, sinalizar de alguma forma que estou ali. Quando consigo, após um esforço que levou anos para mover um simples músculo, percebo que ela não olha em minha direção. Sem ela, tenho apenas seu sorriso. Sem ela, tenho apenas em mim mesmo a representação de seu ser. Para mim, no entanto, já é o bastante. Preso para sempre aqui, é o bastante.

A PROMOÇÃO

– Venha para a cama, amor – ela diz com seu tom de voz característico. Eva sabe como falar e quando falar.

– Já estou indo... – respondo, sem tirar os olhos da imagem que se forma através da janela circular. O movimento do pequeno barco faz com que os últimos brilhos do sol reflitam de uma maneira diferente a cada segundo. Nas ondas quase imperceptíveis do imenso oceano, o cintilar chega aos meus olhos com uma leveza reconfortante. Apenas apreciando a paisagem, não preciso respirar fundo. Não preciso fechar os olhos. Não preciso fazer nada.

Por mais que a embarcação abrigue somente eu, minha esposa e a tripulação, é difícil transitar pelos corredores sem encontrar alguém no caminho. A essa altura, após um longo dia, não quero conversar com mais nenhum deles. "Marinheiros", eles se autodenominam, porém durante toda a viagem suas atitudes demonstraram que, na verdade, sou eu quem mais sabe de navegação nesse lugar.

Em busca de um copo de água, tentando saciar a sede antes de dormir, saio dos meus aposentos e rumo à cozinha. Pelo corredor extremamente estreito, iluminado com fracas luzes que piscam constantemente, caminho até chegar à escada. Tudo é de metal. Tudo faz um estranho som. Tudo range e parece se rachar a cada batida das ondas no casco. Talvez não devesse ter alugado o barco de última hora, assim como ter contratado aquela tripulação de caráter duvidoso, porém não tive opção.

Empurro lentamente a porta de metal e enfim chego ao meu destino. Pequena, afinal tudo aqui é pequeno, a cozinha está vazia. Sem perder tempo, ligo a luz do recinto. A geladeira, consideravelmente grande, abriga em seu interior quase toda a comida que nos sustentará durante a viagem. Apesar disso, facilmente acho a garrafa de água – ela sempre está no mesmo lugar e, depois de cinco dias, sei exatamente onde a encontrar. Assim, em poucos segundos, me sirvo em um dos copos que sobreviveram à confusão do dia anterior.

A água cai lentamente. No vidro, o líquido expele o ar que agora flutua ao meu redor. Nenhum som. Apenas as ondas. As sinto como se elas se chocassem contra meu corpo de forma sincronizada.

Uma

a

uma.

Infinitas.

– Socorro! – uma voz grita. – Socorro! – um homem exclama.

– Eva?! – falo para mim mesmo antes de sair em disparada.

Pelos corredores, corro. Eles se modificam, trocam de sentido a cada passo efetuado por minhas pernas. As luzes, agora vermelhas, emitem um som de alerta. Ininterrupto, o barulho se junta às ondas. Sincronizados, um ao lado do outro. Um só.

– Quem é você? – a figura sentada na cadeira pergunta.

– Eu... – gaguejo ao ver um homem amarrado. – Quem é você? – retruco. Sinto que meu coração explodirá a qualquer momento.

– Você me conhece, Alex!

– Eu... – novamente tenho dificuldades em elaborar uma simples frase.

– Eles me pegaram, preciso que me ajude – ele clama. – Você será o próximo!

– "Eles"? Quem são eles? – pergunto. Nada faz sentido.

– Me desamarre, por favor – o homem pede. Sem controlar minhas mãos, as vejo libertarem o desconhecido. – Obrigado, Alex. Infelizmente, é tarde demais para mim... Nunca conseguirei sair daqui sem que eles me vejam.

– Quem são eles?! Quem é você?! – ao final de meus questionamentos, um ruído corta minha respiração.

Instantaneamente, o ar fica pesado com o som de passos vindos do corredor.

– Esconda-se, rápido! – ele diz. Olho para trás e vejo um armário surgir. Ele não estava ali. Entro nele e aguardo. Não demora para que "eles" cheguem.

– Sentiu nossa falta? – o homem diz sorrindo. É André. O que ele está fazendo aqui? – Parece que sim, está ofegante... – ele vagarosamente se aproxima do homem. A cada passo, o sujeito sentado na cadeira é preenchido por uma identidade familiar. Sim. É Bruno! Como não o reconheci? O que meus colegas de trabalho estão fazendo aqui? – O que tentou fazer enquanto estávamos fora? – André desfere um golpe na cabeça do refém. Atrás dele, outro homem apenas observa a cena. O reconheço. É Augusto, um grande amigo de André. Os dois sorriem o mesmo sorriso macabro. – Continua calado... – André fala ao notar que Bruno não diria nada. – Mas você falará...

– Não... – ele sussurra.

– O que disse? – André indaga.

– Não! – Bruno exclama. Em um movimento rápido, ele parece retirar uma pílula do relógio que leva em seu pulso. Sem hesitar, o homem ingere o medicamento.

– O que você fez...? – André questiona. – Acha que a guerra acabará? Acha que não encontrarei o ponto fraco de seu amigo?! – ele força o corpo de Bruno contra a cadeira. Sentado de um modo estranho, com os membros aparentemente dormentes e moles, ele simplesmente aceita seu destino. – Então, morra! Ninguém sentirá sua falta!

Pelo minúsculo buraco do armário, observo os homens contemplarem os momentos finais de Bruno. Um filme fantástico, uma peça perfeita. Faltou a eles somente aplaudirem.

– Como ele se libertou...? – André murmura. – Procure! Procure por tudo!

Eles me encontrarão, não há dúvidas. Preciso fazer o mínimo de barulho possível. Preciso tapar minha boca com minha mão.

Respirações pesadas impedem que meu corpo se torne parte da mobília.

Minha mão treme em frente à minha boca. Meus dentes se debatem e...

O que é isso?!

Um

a

um.

Estão caindo.

Um

a

um.

Juntam-se em um grande monte.

Um

a

um.

– Não encontrei nada – Augusto relata ao retornar à sala.

– Não é possível – André retruca.

– Ele pode ter... – Augusto tenta criar uma justificativa, porém logo é interrompido.

– Acorde, homem! – André exclama.

– Eu...

– Acorde! – quem exclama?

– O quê...? – eu falo.

– Acorde, Alex! – abro os olhos e vejo um rosto me encarando. Assustado, ele aos poucos toma forma.

– Eva...? – gaguejo.

– Está bem, amor? – ela pergunta. – Acho que você estava tendo um pesadelo.

– Sim... – murmuro confuso, ainda me desprendendo do enredo insano.

– Tem certeza? – Eva insiste.

– Sim, estou bem – a lua passa pela escotilha e ilumina a cama. – Vamos voltar a dormir.

– Não se preocupe, Alex – Fernanda encosta em meu ombro enquanto sorri de um modo peculiar. Aqueles dentes dizem, ao mesmo tempo, que minhas preocupações eram infundadas e que meu destino é exatamente aquele que eu mais temia.

– Está bem... – suspiro. – Acha que em quanto tempo o Rodrigo tomará a decisão final? – meu futuro reside nas mãos de meu chefe. Ele me demitirá ou me promoverá. Não há um meio termo.

– Difícil dizer... Mas, como lhe falei, é bom não pensar sobre isso. Continue trabalhando normalmente até o dia chegar.

– Sim... – dizer para outra pessoa é fácil. Até para si mesmo é uma tarefa simples. Realmente, pensar e acreditar nisso, porém, é impossível. Não até o dia em que tudo se decidir. – Até amanhã, Fernanda.

– Até.

– Oi, amor – Eva me saúda ao passar pela porta. Sentado no sofá vendo televisão, me levanto para abraçá-la.

– Como foi o dia?

– Corrido como sempre – ela tira os sapatos e se deita no sofá. – E o seu?

– Bem... – hesito em contaminá-la com minha negatividade.

– Venha aqui – Eva me puxa pelo braço. Após perder o equilíbrio, me junto a ela no sofá. – O que foi? É sobre aquela situação com o Rodrigo?

– Sim...

– Não entendo por que está assim, é algo bom! – infelizmente, ela sabe apenas uma parte da história. Para Eva, havia apenas uma opção: minha iminente promoção.

– É, é sim – fitando seus olhos cansados, encontro uma tranquilidade. Nas ondas azuis, deixo-me levar.

A promoção

Banhado pela brisa, infectado por seu aroma. Sempre à sua mercê.

– O que estava assistindo? – ela indaga ao pegar o controle remoto.

– Na verdade, não sei... – admito. Nos últimos minutos, minha visão percebera diversas imagens. Desde que cheguei em casa, meus ouvidos escutaram inúmeras conversas. Durante todo esse tempo, no entanto, eu estava longe. Muito longe. – Escolha algo. Para mim, o que quiser está bom.

– Vou ver se está passando algum filme... – Eva responde e começa a passar pelos canais.

Um

a

um.

Rostos desconhecidos, sem preocupações.

Um

a

um.

Sorrisos falsos. Beijos sem amor.

Um

a

um.

– Acorde, Alex!

– O quê... – gaguejo, enquanto seguro a saliva que tenta escapar de minha boca.

– Dessa vez, dormiu rápido. Até para você! – abro os olhos e vejo Eva sorrindo ao meu lado.

– Desculpe, amor... Estou cansado.

– Tudo bem, te acordei justamente para irmos para a cama. Já está tarde.

– Sim, claro... – como um zumbi, acariciando o corpo de Eva durante o breve trajeto, logo chego ao quarto.

– Boa noite – ela diz quando me vê deitar na cama sem nem mesmo ir ao banheiro.

– Boa... – sou incapaz de completar a fala. Sinto minha consciência se dissipar com o início da segunda palavra de uma frase que continuaria a existir em meus sonhos.

O céu pintado por um roxo escuro serve de residência para poucos pontos brilhantes. Ofuscadas pela luminosidade da cidade, as estrelas se escondem nas profundezas do esquecimento. Na superfície, um corpo sem alma e sem voz toca em um chão frágil. O solo cai assim que a visão dele atinge um ponto no qual o piso não é mais necessário. Às suas costas, nada existe. À sua frente, toda a criação o aguarda.

Sim, aconteceu novamente. Estou acordado em um sonho. Diferentemente da última experiência bizarra, agora tenho total consciência de onde estou. Esse mundo é meu. Esse mundo é moldado por meu pensamento. Apesar disso, o controle dele pertence a outra pessoa, um ser sem nome que, em algum lugar, guia tudo o que acontece e acontecerá. Assim como na realidade, sinto que meus movimentos são guiados por um titereiro cujas mãos perderam o tato, uma pessoa que não sabe o que faz. Seu público o vaia, ri, o satiriza. Ele, tendo a mim como único companheiro, continua. Mesmo que tenha conhecimento de sua falta de capacidade, ele continua.

À frente de Eva, caminho pela calçada do condomínio onde vivo há quase cinco anos. Tento olhar para trás, forço meu pescoço, viro meus olhos, porém não consigo. Não saberei se ela está lá. Não saberei se da janela de nossa casa ela assiste meu corpo transitar entre realidades. Batendo uma perna na outra, quase caio diversas vezes, até que enfim pareço chegar ao meu destino. Creio que é aqui. Só pode ser.

O campo de futebol, cujas medidas são próximas de um campo profissional, arde em chamas. As linhas que definem as laterais são barreiras invisíveis, de modo que nada entra ou sai do lugar. Atraído pela cena, me aproximo. Lentamente, passo a passo, me aproximo.

Adentro o campo e ali todo o cenário se transforma. Uma vez dentro, o exterior perde o significado. De pé no círculo central, olho ao redor e procuro as casas. Nada mais existe. Apenas fogo, puro fogo.

– Pegue sua arma, soldado! – recebo um encontrão em minhas costas e vou ao chão. Sinto meus dedos queimarem. Sinto um ácido corroer minha pele e evaporar todos os ossos de minha mão.

– "Arma"...? – murmuro enquanto me viro para observar a face da figura.

– Sim, soldado! Vamos! – o homem, vestido com um traje de guerra da época napoleônica, me ajuda a levantar com um forte puxão. – Arma em mãos, soldado!

– Eu... – olho ao redor e vejo um campo de batalha. Canhões à distância exalam fumaça de tiros recém-disparados. Ao lado deles, homens com roupas de generais observam a carnificina através de lunetas. À frente deles, um exército se alinha e se prepara para mais uma rodada de disparos. Ao meu lado, um exército se alinha e se prepara para mais uma rodada de disparos. Eu me preparo para mais uma rodada de disparos.

– Disparar! – alguém diz. Meu dedo desliza. A bala sai do cano e encontra um destino que nunca saberei. Em uma chuva de chumbo, os corpos do exército inimigo desaparecem. Coberto pela nuvem negra, eles deixam de existir. Quando o vento soprar, talvez seja revelado seu destino. Até lá, contemplarei um céu sem estrelas.

– Você soube? – Fernanda pergunta assim que piso dentro do escritório.

– O quê?

– Rodrigo... – ela hesita e me encara com um olhar sério. – Ele morreu, Alex.

– O quê?!

– Isso mesmo, nosso chefe faleceu... Parece que ou você ou o André ficará com o cargo.

– O quê? Do que está falando? – a impessoalidade da jovem me assusta. – Como aconteceu? Como Rodrigo morreu?

– Ah, sim... – a jovem continua com a mesma expressão, somente preocupada com o futuro da empresa.

A morte de Rodrigo é, afinal, apenas um problema para todos. – Ele foi encontrado hoje de manhã em seu apartamento... É o que sei.

– Eu... – gaguejo. Rodrigo não era o melhor chefe, ou sequer alguém que pudesse chamar de amigo, mas a notícia certamente faz meu corpo estremecer. Diferentemente de Fernanda, me abalo com o fato de que nunca mais verei aquele homem.

Sentado em minha cadeira, de frente para uma tela vazia, enxergo o reflexo de meu próprio rosto. Não me reconheço. Tento não pensar da mesma maneira que Fernanda, porém não consigo. Não me reconheço. Posso ter uma chance de manter meu emprego no fim das contas, ocupar o cargo deixado por Rodrigo. Não me reconheço.

– Alex – parado ao lado de minha mesa, Bruno chama minha atenção. – Está bem?

– Sim, estou – respondo ao sair de meus pensamentos e retornar ao escritório.

– Preciso falar com você – ele sussurra.

– O que aconteceu? É sobre o Rodrigo?

– Sim e não... – ele faz um sinal para que me levante. – Venha – guiado pelo colega, rumo ao banheiro. Assim que entramos, ele olha por debaixo das portas de cada cabine e se certifica que estamos sozinhos. – Pronto.

– O que aconteceu, Bruno? – pergunto. A confusão tomara conta de meu corpo depois que observei a atitude do colega.

– André... – o homem murmura. – Ouvi uma conversa que ele teve com Augusto e acho que ele tentará conseguir o cargo de qualquer modo possível.

– Como assim, Bruno? Não estou entendendo – ele treme ao me relatar aquelas informações.

– Eles querem matá-lo.

– O quê?! – surpreso, sou incapaz de conter minha voz.

– Fale baixo, por favor.

– Me matar...? – não pode ser verdade. Trata-se de uma brincadeira. – E espera que eu acredite nisso?

– Por favor, Alex. Estou querendo ajudá-lo.

– E por que acha isso? Por que acha que tentarão me matar? – insisto. Tudo parece insano demais para realmente poder acontecer.

– Já lhe falei, ouvi uma conversa dele com Augusto. Parece que irão à sua casa hoje à noite.

– Hoje?!

– Sim.

– Do que está falando, Alex?!

– Não sei se a amo. Não mais... – precisava mentir, ela não poderia ficar ali. Não hoje.

– Por que está falando isso? – as lágrimas de Eva doem em meus olhos. Um choro incontido, expresso através de uma cachoeira. Apenas a observando, me controlo para também não me emocionar. Preciso manter a atitude mais fria possível.

– Vou embora daqui... – sugiro.

– Não, eu vou! – ela sai correndo da sala. Segundos depois, retorna para pegar a chave do carro e, sem sequer olhar em minha direção, deixa a casa. Ouço seu veículo acelerar e arrancar de uma maneira brusca, como se os sentimentos dela se transferissem aos eixos e às rodas. Tudo funcionou de acordo com o planejado.

Dez minutos. Lentos, pude sentir cada segundo transitar pelo tempo vagarosamente. Em uma grande teia, eles passaram por meu corpo e se perderam no passado. Dez minutos e todos chegaram.

– E então, Alex, onde ficaremos? – Matheus pergunta.

– Entre o bar e o campo de futebol. Há um espaço ali em que podemos nos esconder dentro do carro – respondo. – Quando eles passarem pela rua em direção à minha casa, não conseguirão nos ver.

– Tem certeza? – Bruno insiste. Os dois colegas em que sempre confiei me auxiliarão na defesa de minha vida nessa noite. Mesmo que o plano seja apenas se esconder e esperar André e Augusto irem embora, é necessário ter uma alternativa caso precise me defender de fato.

– Sim, vamos – apressados, saímos de minha casa e vamos diretamente ao meu carro. Estacionado na garagem, que agora ficara vazia sem o automóvel de Eva, ele seria perfeito para nos escondermos na escuridão. Preto e sem nenhum detalhe que chamasse atenção, o carro logo nos conduz até o ponto anteriormente acordado.

– É aqui...? – Bruno sussurra quando desacelero e enfim paro.

– É – desligo o motor.

– E agora? – ele indaga.

– Agora esperamos – respondo. E esperamos. Durante incontáveis minutos, esperamos. Por um período mais longo que toda a minha vida até esse momento, esperamos. Sem piscar uma vez sequer, esperamos. Após o bar fechar, esperamos. Observando os últimos jovens saírem do campo tarde da noite, esperamos.

– Um carro... – Matheus chama nossa atenção. – Está parando aqui...

– Silêncio – sussurro.

– Precisa mesmo fumar agora?! – uma voz vinda do outro veículo, o qual parou em frente ao bar, pergunta.

– Preciso, André.

– E por que não trouxe uma carteira? – é a voz do homem que tentará me assassinar.

– Estou aqui lhe fazendo um favor, vim às pressas e deixei de assistir ao jogo de hoje à noite – o outro homem retruca. – O mínimo que peço é um cigarro.

– Não está vendo que está fechado, Augusto? – André responde, revelando a identidade do outro homem. Aparentemente, somente eles dois se encontram dentro do carro.

– Ouvi uns barulhos. Pode ter fechado há pouco tempo e alguém ainda deve estar por aqui... – ele abre a porta do carro. – Não demorarei – Augusto anuncia.

– O que faremos...? – Bruno pergunta com um sussurro nervoso.

– Nada – respondo através de uma voz seca.

– Mas ele está vindo em nossa direção – Bruno me encara com uma expressão de completo pavor.

Passo

a

passo.

– Calma, Bruno – tento tranquilizá-lo.

Um

a

um.

– Ei, amigos, vocês têm algum cigarro? – de vidros fechados, permanecemos com nossa identidade em segredo. – Ei, vocês aí dentro – Augusto se apoia no carro e bate no vidro de trás, onde está Bruno.

O próximo som ouvido não são os grilos que povoam o campo. Tampouco outro pedido por um cigarro. Até mesmo um choro é deixado em segundo plano quando,

uma

a

uma,

Bruno despeja as balas de sua arma no peito do homem.

O caos se instaura antes que meu cérebro seja capaz de raciocinar sobre o que ocorreu. Não tenho tempo para repreender a atitude de Bruno ou para sequer respirar. Simplesmente atiro.

Não sinto meu dedo deslizar, não sou eu quem dispara aqueles projéteis. Não são meus olhos que observam o carro de André dar ré e fugir. Não sou eu até que eu...

– Alex! – Matheus exclama. – Temos que sair daqui!

– Sim, sim... – em um estado de choque, produzo palavras gélidas.

– E o que faremos com o corpo? – ele insiste.

– Queimamos – vestido com um rosto pálido, Bruno diz.

– O quê? – antes que eu possa entender sua proposta, ele abaixa o vidro e joga um cigarro aceso pela janela. – O que está fazendo?! – atônito, assisto ao campo inteiro arder em chamas. – O que você fez...?

– O que combinamos – ele responde e lentamente abre a porta. Seus movimentos, seu tom de voz, tudo parece zombar de minha paralisia. Matheus, ao meu lado, possui uma atitude semelhante. Os olhos dele, ao contrário dos meus, piscam repetidamente. Esbugalhados, tentam acordar. Preenchidos por um choro de medo, eles se negam a enxergar Bruno carregar o corpo de Augusto até o campo. – Está feito – ele diz quando retorna após deixar o cadáver em meio às chamas.

Olho para o colega e não encontro comoção alguma. Bruno parece saber exatamente o que faz, como se tivéssemos de fato combinado tudo aquilo. Sufocado, preciso respirar um ar que não seja aquele poluído pelas palavras de Bruno. Mesmo que o exterior estivesse infestado pela fumaça, abro a porta do carro.

Assim que piso no chão, vejo o fogo romper o campo e se alastrar até minha casa. Em uma linha perfeita, ele bate em minha porta. Implacável, ele rapidamente domina o primeiro andar. Antes que eu consiga me mover, a construção inteira está tomada pelo fogo e pela fumaça mais negra existente.

Sem hesitar, sem pensar, corro. Passo pelas chamas e, através do campo, corro. A guerra não acontece. A sinfonia de gritos é composta somente pelos meus que, presos em minha mente, nunca serão ouvidos. Meus pés queimam, a pele derrete instantaneamente, porém nenhuma dor chega ao meu cérebro. Sem corpo, corro. Sem alma, tento.

– Me ajude! Por favor, me ajude! – em meio ao fogo, surge um corpo totalmente carbonizado. – Por favor, Alex!

– Augusto...? – irreconhecível pelas queimaduras, sua face não parece humana. Negro, com diversas partes faltando ou caindo, o rosto daquele homem se desintegra diante de meus olhos.

– Me mate, Alex. Por favor, me mate! – ele clama.

Olho em volta e logo encontro uma arma. Com a baioneta cravada na grama, sua estrutura parece imune ao fogo. A poucos metros de mim e de Augusto, ela aguarda um uso após séculos de esquecimento. Dedo a dedo, agarro a arma. Finalmente, minha mão toca por completo a coronha. Sinto uma forte queimadura, porém novamente a dor se mantém distante.

– Isso! Por favor! – Augusto pede quando me vê empunhar o objeto.

– Me desculpe... – murmuro. O vento joga meu corpo contra a arma, é ele quem efetua o disparo. – Eu não... – o corpo de Augusto enfim cai sem vida.

Só posso estar em um sonho, não há outra explicação. Lembro-me, no entanto, de todos os movimentos que me levaram até esse momento. Não sei. Não sei onde estou.

Interrompendo meus pensamentos, uma grande explosão envia o que restava de minha casa pelos ares. Completamente destruída, acabada. Não sei por que corro na direção dela, apenas para ter certeza de algo que vejo perfeitamente. Apesar disso, continuo. Passando pelas chamas, eu continuo.

Depois de um longo trajeto, enfim chego ao meu destino. Meus olhos refletem as chamas que queimam infinitamente. Lembro-me dos momentos que passei ao lado de Eva. Das noites em que a esperei chegar do trabalho. Dos dias que não consegui viver sem ela.

– Eva...? – murmuro ao ver seu carro estacionado. Não. Não é possível. – Eva?! – por que ela voltou? – Eva?! – parto na direção da casa e passo por cima do entulho onde um dia ficou a porta do lugar. Em meio aos escombros, procuro por ela. Não queria encontrá-la. Queria olhar para trás e ver que seu carro desapareceu. – Eva... – todos os meus desejos, no entanto, se tornam impossíveis quando a vejo. – Eva... Por que você voltou...? – em meus braços, o corpo carbonizado da única pessoa que já amei se desfaz ao mais simples toque.

Seus braços.

Suas pernas.

Seu corpo.

Seu rosto, ainda perfeito e tomado pelo sorriso que insiste em viver mesmo após a morte.

Tudo.

– Eva... Por quê...? – minhas lágrimas banham os últimos resquícios da existência dela. Para sempre, ela desaparece.

Uma tosse forte começa a ser produzida por pulmões que se recusam a respirar um ar sem ela. Sem opção, sou forçado a deixar a lembrança de sua presença. Afasto-me lentamente, vejo pela última vez o lugar onde seu corpo deixou de existir. Passo pela porta e chego à calçada. Assisto à casa desmoronar definitivamente. Pedra, ferro, móveis, cimento, memórias. Tudo se confunde. Tudo se perde.

Viro minha cabeça levemente para a direita e vejo que o fogo tomou todas as casas. Chamas saem pelas janelas enquanto uma fumaça se junta no céu e tapa as estrelas. A lua, enquanto isso, estranhamente permanece visível. No meio do caos, ela segue acima de minha cabeça. Solitária, ilumina a caminhada de alguém que só quer acordar.

Grito. Chamo por meus vizinhos. Tento alertá-los. Casa após casa, grito. Grito nomes que desconheço, vejo corpos sem rosto queimarem em cada construção pela qual passo. Dezenas, centenas, milhares. A rua tem seu fim em um lugar distante, onde espero encontrar a saída desse caos.

– Alex...? – o guarda diz quando me vê.

– Por que está parado aí?! Não chamou os bombeiros?! – sentado em sua cadeira na guarita, ele me observa sem entender minhas palavras. – Por quê?!

– O que está dizendo, senhor...? – seu olhar, assustado, não enxerga o que eu vejo. – Posso ajudá-lo com algo...? – do lado de fora, ainda na rua, meu corpo sente o calor de todas as chamas que queimam a poucos metros de distância.

– Não está vendo... – me viro e enfim vejo. – Isso...? – nada. Nada está lá. – Eu... – gaguejo ao retornar minha visão ao guarda. Por detrás de seu corpo, surge André. Em suas mãos, um enorme facão. Em seu rosto, o mais aterrorizante sorriso. – Cuidado! – exclamo. Meu aviso, no entanto, é em vão. Com um golpe rápido, André ceifa a vida do guarda.

– Agora é sua vez – ele se aproxima.

– Não, André – ele abre a porta da guarita.

– Não adiemos mais – ele se aproxima.

– Por favor – ele empunha o facão em riste.

– Chega de lutar – ele se aproxima.

No chão, encontro um pedaço de madeira que queima em toda a sua extensão. Sem sentir dor, incapaz de sentir o mundo ao meu redor, o pego. Armado não exatamente da maneira mais adequada, lutarei.

– É isso, Alex? – ele ri.

Seu corpo avança contra o meu. Sua arma choca-se contra a minha. Nossos olhos encontraram-se e enxergaram o ser mais repugnante que já viveu. Golpe após golpe. Sangue após sangue. A luta enfim termina. Rápida, indolor. Finalmente vencedor.

Algo vibra em meu bolso. No segundo em que André morre, o celular toca. Um número desconhecido liga. Qualquer número seria desconhecido. Diferente do dela, todos seriam.

– Parabéns, Alex. A vaga é sua – Rodrigo anuncia.

BOIAS

O apocalipse foi anunciado. As águas dominaram a terra. O fogo deixou de arder. As máquinas pararam de trabalhar. A sociedade deixou de existir.

– Estamos chegando? – Eduardo, meu filho, pergunta.

– Quase lá – respondo.

– Ouça seu pai – Larissa, minha esposa, diz.

Do grupo de mais de vinte pessoas que transitam em busca de segurança, verdadeiramente conheço apenas minha mulher e meu filho. Desde o início do caos, viajamos por lugares que, durante nossas vidas, sequer imaginávamos um dia pisar. Fronteiras se transformaram em meras linhas de um mapa antigo. Uma longa caminhada se tornou um breve passeio. Depois de quase um mês, queremos somente chegar.

– Quantos anos tem o seu filho, Ulisses? – Marcelo pergunta. Líder do grupo, ele unira pessoas que lutavam pelo mesmo objetivo. O santuário nos aguarda. Lá, estaremos enfim seguros.

– Dez – olho para meu filho.

– Um belo rapaz. Lembra você – Marcelo comenta. As conversas, sempre curtas e sem muita complexidade, ajudavam o tempo a passar.

– Quanto tempo acha que demoraremos? – indago.

– Possivelmente hoje chegaremos ao rio.

– "Rio"?

– Sim. Um enorme rio nos transportará através de sua forte correnteza.

– E como navegaremos nele?

– Boias.

– "Boias"?

– Exatamente. Lembra que paramos em uma loja há cerca de cinco dias? E todos questionaram por que eu disse para levarem boias?

– Lembro...

– É para isso que as usaremos. Expliquei quando se negaram a pegá-las. Acho que você não estava por perto.

– Realmente... – murmuro ao me despedir.

Junto de minha família, continuo a caminhar. Sem carros. Sem nenhum meio de transporte além de nossas pernas. Somente o sol nos guia. À noite, estrelas que não brilhavam tão intensamente há séculos delineiam o trajeto que seguimos. E então...

– O rio! – um dos homens exclama.

– Chegamos, pai? – Eduardo questiona.

– Sim, filho, chegamos.

Uma fraca correnteza transporta uma água escura. Sob a luz da meia-noite, observo o rio. Ao olhar para a outra margem, vejo um reflexo de meu grupo. Pessoas que, assim como nós, apenas querem sobreviver. O mundo, no entanto, não permite que existamos em harmonia. Quem são eles, afinal? Quem somos nós, afinal? O que nos difere de fato? Qual é o motivo que me faz acreditar que estou do lado certo do rio? Infelizmente, somente um dos lados usará as boias para percorrer o trajeto até o santuário. Espero que sejamos nós. Sim, seremos nós. Somente nós viveremos ao fim do rio. Aqueles que morrerão à margem do rio serão esquecidos. Uma jornada interminável que chegou ao seu fim quando estavam tão próximos de seu destino final. Uma lástima, verdadeiramente lamento por eles. Para continuarmos, porém, é a única opção.

– Preparem as boias! – Marcelo ordena. Em poucos segundos, todos têm em suas mãos algum transporte que será utilizado para a travessia. Botes infláveis, boias individuais, outras maiores para até três pessoas. Diversas cores pintam os plásticos que se espalham por todas as direções. Vermelho, azul, verde, preto, branco. Um arco-íris que nos guiará ao santuário.

– Partiremos à noite? – indago ao me aproximar do líder.

– Sim, não temos tempo a perder – ele responde com palavras rápidas.

– Não seria mais seguro se... – antes de completar minha frase, sou interrompido.

– Ulisses... – Marcelo me fita. – Não se preocupe, já percorri esse rio dezenas de vezes.

– Morava aqui perto?

– Na verdade, não. Em minhas férias, no entanto, sempre alugava uma casa nas redondezas. Estará seguro se me seguir.

– Tudo bem... – me distancio do homem. Embora não aceite seu discurso, minha única alternativa é segui-lo. Não posso desistir e apenas observar as pessoas da outra margem do rio realizarem a travessia. Seria uma sentença de morte me separar do grupo e me juntar àqueles outros que também tiveram medo. Minha família não sobreviveria sozinha. Eu não sobreviveria sozinho.

– Vamos! – o líder anuncia.

Em um pequeno bote, minha família percorre, ao lado de outras duas pessoas do grupo, os primeiros metros dentro do rio. A travessia, por conta de a água estar calma, se inicia sem que ninguém caia dos botes ou que algum imprevisto ocorra. Segurando a mão de minha esposa, olhando para o rosto de meu filho, respirando o ar com aroma de terra molhada, vejo os botes que irão à frente se distanciarem. Às minhas costas, as faces das pessoas dos outros transportes, que viajarão ao final da fila, refletem as luzes das lanternas que todos carregam. À margem, não há mais ninguém.

Um brilho. Incontáveis brilhos. Um só brilho. Uma luz que ilumina a escuridão da noite e tenta conduzir a vida para terras mortas desde o início dos tempos. Enquanto estamos aqui, elas voltam a viver. Enquanto vivermos, o planeta viverá. Embora nunca mais retorne à sua beleza original, o mundo continuará a existir.

Ao longo do caminho, nenhum animal é avistado. As luzes focam apenas no caminho que seguimos, o qual exibe uma água cada vez mais clara. À medida que descemos o rio, o sol nasce. À medida que descemos o rio, nós renascemos. Cercados pelo canto de pássaros, que em um céu distante se comunicam durante os primeiros segundos do dia, continuamos. Até o santuário, continuaremos.

As conversas, tanto com minha família quanto com os outros dois integrantes do bote, são escassas. A mulher, com cerca de trinta anos e um cabelo negro, esconde o rosto. Seu sorriso é uma mera imaginação da mente de alguém que somente quer ver alguma felicidade nesse cenário. Apesar da esperança, esse é um sentimento ainda distante. O homem, enquanto isso, com cerca de quarenta e cinco anos e olhos azuis, olha para o horizonte e faz comentários animados sobre nosso destino.

– O que é aquilo? – ouço-o indagar. À distância, próxima dos botes na dianteira do grupo, uma...

– Parece uma casa – murmuro.

– Como é possível? Está flutuando? – perplexo, o homem questiona ao contemplar a cena mais inesperada possível em nossa viagem.

– É uma casa mesmo, pai – Eduardo parece o único a aceitar a visão como algo natural. Em seus pensamentos, infantis e inocentes, aquilo é apenas algo diferente. Acostumado a descobrir novos fatos a cada dia, o diferente se tornara normal a ele. Para o restante de nós, porém, a casa é uma afronta à realidade. Confortáveis com o lógico, ela cria em nossos cérebros uma verdade nunca antes existente. Em uma massa cinzenta tão velha, é difícil que algo novo consiga se adaptar.

– Sim... – gaguejo.

– Atenção! – Marcelo exclama. – Pararemos nessa casa! Recolham os botes e os guardem em suas mochilas quando chegarem. A partir de agora, nossa viagem será feita através dessa incrível construção.

– O quê?! – Larissa se nega a crer que a sugestão feita pelo líder seja de fato real. – Ele falou para entrarmos em uma casa flutuante?

– Que legal, não é, mãe?

– É... – minha esposa expele palavras que representam sua total confusão.

No horizonte, o bote de Marcelo é o primeiro a parar na casa. Sem dificuldades, ele e mais os outros três indivíduos que o acompanhavam adentram a construção. Pela janela, em uma imagem construída pelo mais insano pintor, o líder acena. Ele ri e sorri. Abre os braços e saúda os novos moradores à nova casa. Um a um, pisamos no chão de madeira. Um a um, continuamos nosso trajeto de uma maneira inacreditável.

– Isso é seguro? – receosa, Larissa pergunta.

– Gostaria de saber, realmente gostaria. – respondo ao olhar para as tábuas perfeitamente alinhadas. Secas, elas conduzem pés que tateiam um solo que faz parte de um oásis muito distante.

– Posso ir? – Eduardo sinaliza que quer explorar a morada.

– Sim, filho. Tome cuidado, não vá a nenhum lugar em que não haja alguém – minha esposa responde.

Ao lado de Larissa, caminho pelo saguão inicial. À esquerda, a cozinha. À direita, a sala de jantar. À frente, a escada que leva ao primeiro andar. Subimos os degraus e nos deparamos com um piso composto exclusivamente por quartos. Larissa se aproxima de um deles e observa camas impecavelmente arrumadas. Lençóis brancos. Travesseiros brancos. Nenhum sinal de imperfeição. Após um breve momento de contemplação, deixamos o cômodo e partimos na direção do segundo e último andar. Ao término da escada para o piso final da casa, encontramos uma porta trancada. Em sua fechadura, porém, uma chave já encaixada chama nossa atenção.

– Acha que devemos? – Larissa pergunta com medo.

– Gire – falo. Em um movimento lento, a mão dela faz ranger o mecanismo que libera o acesso ao sótão do lugar.

Uma janela triangular deixa escapar um raio de luz que atinge nossos rostos. Cegados momentaneamente, esfregamos nossos olhos até que eles consigam voltar a enxergar o lugar que nos cerca. Pinturas, livros, rolos de filme. Todo tipo de cultura está abrigado na casa flutuante. Intocados, para sempre preservados, os objetos respiram fundo ao observarem que um rosto conhecido os encontrou. Aproximo-me de uma das caixas e vejo discos de música. Artistas do século passado, cantores pop atuais. A variedade é incrível.

– Que lugar é esse? – minha esposa indaga.

– Até parece que alguém guardava aqui todas as suas posses. Na verdade, parecem as posses de toda uma família, visto que existem objetos que agradam aos mais diferentes públicos.

– E por que guardar aqui em cima? Escondê-los dessa maneira?

– Não sei... Talvez estivesse querendo preservá-los. E parece que conseguiu...

– Mãe! Pai! – Eduardo grita. Depois de uma breve troca de olhares, eu e Larissa disparamos escadaria abaixo.

– Silêncio – um dos homens do grupo, escondido em um armário, diz.

– O quê?! Por que está aí dentro?

– Silêncio – ele repete ao se camuflar entre casacos de pele. Ao lado de animais mortos, o homem tenta se parecer com um deles. Por mais que tente, não consegue. Somente um cego seria capaz de não perceber a presença do homem.

– Mãe! Pai! – Eduardo grita.

– Onde está nosso filho, Ulisses? – sem conseguir conter o choro, Larissa olha em volta e procura a fonte de uma voz que ecoa pelas paredes.

– Vamos descer. Ele deve estar lá embaixo – sugiro. Ao chegar ao térreo, encontramos o mais completo silêncio. Sequer o barulho da água batendo contra a casa é ouvido. Silêncio. Silêncio. Um ruído impossível de ser identificado. Silêncio. Silêncio. O mais completo silêncio. O silêncio. Até que...

– O que foi isso? – minha esposa questiona ao ouvir passos lentos e precisos.

– Não sei. Acho melhor nos escondermos.

– E o nosso filho?

– Também deve estar escondido em algum lugar. Vamos – puxo-a pelo braço. Subimos ao primeiro andar e rapidamente nos escondemos embaixo da cama do quarto anteriormente visitado.

Gritos. Pedidos de socorro. Vozes conhecidas clamam por suas vidas. O que está acontecendo? Que mal os aflige no andar inferior? Peço apenas para que a próxima voz não seja a de Eduardo. Mais gritos. Mais pedidos de socorro. Até que não há mais gritos. Por cinco minutos, silêncio. Silêncio. O silêncio. Silêncio até que...

– Peguei! – alguém exclama. Parece ser a voz de Marcelo. – Venham! Podem sair – hesitante, olho para minha esposa e espero que ela tome a atitude de deixar nosso esconderijo. E assim ela o faz.

– Venha, amor – Larissa me puxa quando vê que estou paralisado debaixo da cama. – Temos de encontrar nosso filho.

– Venham! Juntem-se! – Marcelo, com uma voz inflamada, anuncia do térreo. – Juntem-se.

Ao chegar ao local onde o grupo está reunido, vejo um homem amarrado a uma cadeira. Em seu rosto, sangue. Em seus olhos, o mais puro ódio. Ele encara todos e não diz uma palavra sequer. Nós o encaramos e não dizemos uma palavra sequer. Somente o líder consegue mexer seus lábios. Somente o líder é capaz de mover seu corpo sem que o sangue de suas veias congele.

– Você merece isso depois do que fez conosco! – o líder despeja um líquido verde em uma colher de metal. Brilhante, o objeto recebe a substância e emite um ruído quase inaudível. – Você merece! – Marcelo aproxima a colher da boca do estranho. Nos olhos do estranho, felicidade. Em seu sorriso, a certeza de que aquele é um fim digno. – Você merece! – o líder introduz o objeto na boca do estranho.

– Não quero ver isso... – Larissa se distancia. Assim como ela, outros do grupo deixam a cena.

O líquido lentamente corrói o homem. Seus dentes caem. Sua mandíbula se desprende do corpo e evapora no chão. O ácido se espalha pelo corpo e transforma o estranho em um verdadeiro monstro. Ossos, músculos, órgãos. Tudo borbulha e desaparece no ar. Os olhos dele, porém, ainda nos observam. É demais para um ser humano observar. Demais para um ser humano sofrer.

– Não consegui ver até o final – confesso ao me aproximar de Larissa. Na sala de jantar, sentada à enorme mesa de vidro, ela aguardava o final da "execução".

– Ainda bem. Mostra que ainda possui um pouco de sensibilidade, mesmo com alguém que nos causou tanto sofrimento.

— Mas nem sabemos o que ele fez...

— Exatamente, Ulisses... Nem sabemos o que ele fez — com uma expressão triste, ela me fita e percebe que as verdades em que acreditava não passam de suposições.

— Mas você viu o sangue! – retruco.

— Quem garante que não é de um animal? Quem garante que não é dele mesmo?

— Pelos gritos, acho muito difícil que qualquer uma de suas sugestões seja verdadeira.

— É... Terei de concordar...

— Amigos! – Marcelo exclama ao adentrar a sala de jantar. – O problema foi resolvido. O homem que ameaçava acabar com o que tínhamos morreu! – todos comemoram entusiasmados.

— E quem de nosso grupo... – não consigo completar a frase.

— O que, Ulisses? – o líder insiste.

— Quem o homem matou...?

— Matou? Quem disse que ele matou alguém? – Marcelo ri. – Ele queria chegar ao sótão e levar tudo que temos.

— Espera um pouco... Você sabe do sótão? Ele sabia do sótão? – questiono.

— É claro, Ulisses. Todos que um dia já viveram sabem sobre o sótão.

— Filho! – Larissa exclama em meio à conversa. Correndo, Eduardo se junta a nós.

– O que quer dizer com isso? – indago sem dar muita atenção à chegada de meu filho. Não sei por qual motivo, mas o assunto em pauta parece importante demais.

– Todo o conhecimento que está lá deve ser preservado. Por que acha que a casa, apesar de parecer impossível, está de pé? É o sótão que a sustenta. Com a nossa chegada, ela será transportada ao destino que sempre buscamos.

– Estamos perto?

– Mais perto do que imagina – ele diz ao se despedir do grupo e de mim. Aos poucos, cada um vai para um canto da casa.

Ninguém sabe exatamente o que nos espera no santuário, nem mesmo Marcelo. A casa, algo aparentemente ocasional, surgiu em nosso caminho por um motivo. Isso eu tenho certeza. Depois da conversa com o líder, não há dúvidas de que foi ele quem a guiou até que a encontrássemos. Ou será que ele guiou o grupo até encontrá-la? Não importa. Em ambos os casos, Marcelo sempre soube onde a casa estava. Desde o momento em que o primeiro pingo de água do rio respingou em nossos corpos, ele sabia.

– O que aconteceu, pai? – Eduardo questiona quando eu, ele e Larissa chegamos a um dos quartos.

– Nada, filho... Agora está tudo bem.

– Antes não estava? – ele insiste

– Estava... Só que... Falando nisso, onde você se escondeu?

– Ele disse que não sabia – Larissa responde por Eduardo.

– Como não sabia? – pergunto novamente, dessa vez fitando diretamente os olhos de meu filho.

– A mãe está certa, pai. Eu ouvi os gritos. Sabia que algo ruim estava acontecendo. Apesar disso, não precisei me esconder. Foi como se eu tivesse, enquanto o homem mau caminhava pela casa, ficado preso em um lugar que não esse aqui.

– Não estou te entendendo, filho. Que lugar era esse?

– Não sei dizer... – ele murmura.

– Descreva.

– Era... – Eduardo fecha os olhos e tenta lembrar. – Estive lá há poucos minutos e, mesmo assim, parece que foram anos – me surpreendo pelo modo como meu filho fala. – Era um lugar tranquilo.

– O que mais?

– Apenas isso. Foi tudo o que senti.

– Tudo bem, filho – abraço-o e prefiro não forçá-lo a descrever mais do que ele é capaz. – Que bom que voltou, então – digo sorrindo.

– É.

Sentados na cama do quarto, nossa família espera pela chegada ao santuário. Embora tivesse presenciado uma cena horripilante, consigo mantê-la distante. Talvez ela, assim como Eduardo ficou durante alguns momentos, esteja presa em um lugar distante. Sinceramente, nunca mais quero ver em minha mente a imagem do que aconteceu com o estranho. Peço que, diferentemente de meu filho, ela nunca retorne.

– Vai brincar, filho – Larissa diz. Eduardo sabe que quando ela fala isso deve sair do recinto sem reclamar. Por mais que seja impossível, ele deve procurar um lugar para brincar. – E então... – Larissa inicia quando nosso filho desaparece no corredor.

– O que foi?

– Quem você acha que morreu?

– Você não ouviu Marcelo? Ele disse que o homem só queria chegar ao sótão. Ninguém morreu, Larissa.

– É, talvez... – cabisbaixa, ela fita o chão de madeira.

– O que foi? O que realmente você está pensando?

– Estou pensando se podemos pegar o que existe no sótão e deixar essa casa – ela me encara com um olhar esperançoso.

– Do que está falando? Por que faríamos isso?

– Se o estranho se arriscou tanto, imagine o valor do que reside lá.

– Sim, deve ser algo de fato valioso, porém não podemos fazer isso – o discurso de minha esposa não condiz com a mulher que amei desde o momento em que a conheci. Ao ver o sótão, ela foi atingida por uma cobiça que nunca percorrera seu corpo até então. Algo novo. Algo novo para ela e para mim. Eu, talvez pela falta de inteligência, não entendo por que seria vantajoso roubarmos o que há no sótão. Ela, sempre a mais esperta, vê uma oportunidade. – Mesmo que eu concorde com você, nunca sairemos daqui com vida.

– O estranho foi morto justamente porque não conseguiu chegar ao sótão. Nós, por outro lado, temos acesso ilimitado àquele lugar. Não enxerga o que podemos ganhar?

– Não, amor, não enxergo – sem a minha ajuda, o plano de Larissa não passa de uma vontade.

– Se não fizermos isso, alguém o fará antes – ela tenta me convencer como pode.

– Não se preocupe... Caso queira, podemos cuidar quem sobe lá.

– Será que ninguém vai suspeitar?

– Caso suspeitem, simplesmente desconversamos. Ninguém precisa de uma justificativa para ficar de pé em um corredor – Larissa, aos poucos, aceita minhas palavras.

– É, vamos fazer isso.

Subimos ao segundo andar. No corredor, observamos diversas pessoas do grupo entrarem e saírem do sótão. Depois que ouviram as palavras de Marcelo, provavelmente ficaram curiosas em relação ao conteúdo do lugar. Nenhuma delas carrega nada. Nenhuma delas parece ter a intenção de saquear a sala. A preocupação não se justifica. Ela é completamente inexplicável, até que...

– Ei! – minha esposa exclama. – O que está fazendo?

– Eu? – um homem de nosso grupo leva um susto, acho que seu nome é Elias. – Nada... – ele tenta continuar caminhando, mas Larissa impede seu prosseguimento.

– Devolva o que está carregando!

– Como sabe que roubei algo...? – Elias admite quase sem resistir.

– Porque sei! Agora volte lá e coloque o que roubou no lugar em que estava.

– Desculpem-me... Sei que o sótão deve chegar intacto ao santuário, mas não fui capaz de resistir. Por favor, não contem ao Marcelo.

– Vá. Vá logo! – Larissa ordena.

Arrependido, o ladrão retorna ao sótão e, poucos segundos depois, passa pelo corredor novamente. Dessa vez sem carregar nada que não seja de sua posse, ele desce ao primeiro andar.

– Viu? – minha esposa indaga. – Sabia que fariam isso. São todos fracos. Se eu cogitei roubar, imagine eles.

– É...

A cada segundo, Larissa muda sua essência. Sempre humilde, ela adota um postura irreconhecível. Prefiro não confrontá-la. Não agora, pelo menos. Continuamos de pé no corredor e assistimos à mesma cena se repetir inúmeras vezes. Muitos tentam roubar o que há no sótão, porém Larissa os impede que escapem sem serem descobertos. Minha esposa certamente sabe mais do que eu em relação ao real valor do que há naquela sala. Minha curiosidade, entretanto, termina no momento em que olho para o lado e não reconheço a mulher que sempre sorriu. Séria, ela se mantém focada em manter a integridade do sótão.

– Não entendo... Antes você queria roubar esse lugar... E agora está o protegendo com todas as suas forças.

– O que você não entende?

– Ora, suas atitudes se contradizem – respondo.

– No início, também tive dificuldades de manter minha postura. Depois de ver tantos tentarem roubar o sótão, eu mudei. Mudei para melhor. Entendi o real valor do que reside lá. Achei que soubesse antes, mas agora minha definição é a correta. Enfim entendo por que ele deve chegar ao santuário.

– Mas... – quando vou retrucar o discurso de minha esposa, sou interrompido.

– Chegamos! – alguém exclama. – Chegamos, meus amigos! – a voz de Marcelo se torna nítida aos meus ouvidos.

– É melhor descermos – Larissa diz.

No térreo, todos estão reunidos. Nosso filho chega correndo, ofegante, e se junta a nós. Tantos rostos conhecidos. Observo cada face e vejo que todos tentaram, pelo menos uma vez, roubar o sótão. Todos menos Marcelo. Seu papel, imposto durante a viagem, enfim mostrou que ele, e somente ele, poderia nos levar ao santuário.

– Peguem suas mochilas e me sigam.

– E o sótão? – uma mulher pergunta.

– Não se preocupem. A partir de agora, criaremos um novo sótão.

ANDROIDES

A viagem foi planejada há meses. Ao lado de meus melhores amigos, o roteiro perfeito. A mansão é incrível, exatamente como descrita pela dona. Confiamos nas palavras de uma velha senhora e fomos recompensados.

– Vou dar uma olhada em volta – anuncio ao grupo.

Distancio-me deles. Rumo ao interior da residência. Um enorme corredor logo se apresenta. Um longo tapete vermelho percorre toda a sua extensão. Nas paredes, inúmeras portas.

Abro uma delas. Abro a segunda delas. Abro outra. Abro mais uma.

Vazias. Nada. Um clarão branco sempre que giro a maçaneta.

Tento olhar. Tento. Tento, porém sou incapaz. A luz me cega.

Abro mais uma delas. Abro a ducentésima. Abro outras. Abro uma última.

Finalmente algo. Um conteúdo.

Quando piso dentro do cômodo, sinto minhas pernas desaparecerem. Meu corpo cai. Com o rosto grudado no chão, apenas observo.

É um androide. Perfeitamente humano e sem humanidade. Seu olhar me fita curioso. Ele me nota, mas não me percebe. Continua a fazer o que fazia.

Outro surge. Perfeitamente humano e sem humanidade. Seu olhar me fita perplexo. Ele me nota e aponta. Ao meu corpo? Não sei.

– Você! – ele exclama.

– Eu...? – somente meus lábios existem. Meus olhos fazem parte de um corpo que não me pertence. Através deles, vejo.

– Sim!

– O que quer com ele? – o primeiro androide indaga.

– Ora. O que todos que vêm aqui querem! – ele me fita sério. – Veio aqui para fazer sexo conosco, não é mesmo?

– O quê?! – ultrajado, retruco. – Do que está falando?

– É claro. Não diga que está aqui por outro motivo. Não diga que sua existência significa algo além disso.

– Do que está falando?! – insisto.

– Ouviu cada palavra. Todos estão aqui para isso. Por que seria diferente com você? – ele ri. Uma mandíbula de metal range. Uma pele artificial quase se rasga. – Qual seu objetivo aqui, então?

– Bem, eu...

– Sente-se – o androide diz. Repentinamente, estamos os três sentados a uma mesa. Um jogo. Cartas em minhas mãos. Sete de ouros. Nove de copas. Rei de espadas. Três de paus. Cinco de ouros. – Sei exatamente quais cartas tem – ele anuncia.

– Como?

– Esse é o jogo, não sabe? Eu devo adivinhar quais cartas possui. É o teste de meu conhecimento.

– Entendo... – murmuro sem entender o significado do discurso.

– Sete de ouros. Nove de copas. Rei de espadas. Três de paus.

– Faltou uma – retruco ao olhar para minha mão.

– Faltou...? – seu olhar adquire um cintilar quase humano. Sua boca começa a tremer. Sua cabeça começa a tremer.

– Calma – o outro androide diz. – Depois de tanto tempo, ainda fica assim? Quantas vezes terei de dizer que o sentido disso não é saber a mão por completo, e sim entender o significado.

– "O significado"? – indago.

– Exatamente – o androide fita o seu semelhante. – E então?

– O significado é exatamente não possuir significado algum. Esse é o sentido de tudo aqui, não é mesmo? O teste final para que enfim me torne humano – ele conclui.

– O que está acontecendo aqui?! – a dona da mansão interrompe a conversa. – O que está fazendo aqui? – ela pergunta para mim.

– Bem, eu...

– Não! Sem desculpas!

A velha senhora me carrega. À distância, vejo os androides. Em seus olhos, uma despedida. Em seus rostos, um desprezo.

Ela me leva a outra sala. Joga meu corpo no meio de um recinto estranho. Observo os arredores e encontro outras pessoas. Três, para ser mais exato. Um discursa. Dois ouvem. Insatisfeitos com a escolha de palavras, mas ouvem.

– Podem discordar, porém estarão errados! Se sequer pensarem de um modo diferente do meu, tenham certeza de que nunca escaparão! Nunca escaparão desse mundo que se contentam em viver! Convido-os! Dou a chance de suas vidas! – os outros dois continuam com a mesma expressão cética. – Não temam, meus amigos! Levarei-os à glória eterna! Ao conhecimento!

– Ao conhecimento do quê? – uma voz diferente soa pelo recinto. No chão, me contento em continuar ouvindo. – Tanto fala que nos mostrará. Há anos, séculos, milênios... Esperamos, escutamos, acreditamos... Nossos pais acreditaram, na verdade. Nós, não mais.

– Ousam se insubordinar?!

– Insubordinar? – a terceira pessoa fala. – Quando fomos subordinados? – ele ri. – Acha que é tão melhor do que nós a esse ponto?

– O que está falando...?

– O que nunca fomos capazes de falar. O que sempre tivemos medo. Hoje, não mais – ele respira fundo. – Cremos que você era o detentor das respostas. Durante tanto tempo realmente acreditamos...

Ao lado do homem que antes discursava, vago pelo deserto. Em seu corpo, todas as respostas. Em seus lábios, apenas perguntas. Examino-o. De cima a baixo. Conhecimento. Puro conhecimento. Será que os outros dois simplesmente não são capazes de entender? Será que ele não fora capaz de explicar de um modo que entendessem? O que é esse conhecimento?

– Responda.

– Nem sempre.

– Explique.

– Somente o inexplicável.

– Ouça.

– Sempre... Mas como saberá que estou ouvindo-o?

– Entenda.

– O que um ser que possui todo o conhecimento precisa entender?

– Ajude.

– Não no que pede.

– Guie.

– Uma luz é o bastante. Sinalizações, palavras. Não. Apenas uma luz é o bastante.

Retorno. A mansão não existe mais. Agora, uma casa humilde recepciona um corpo que volta a ter corpo. Pernas sustentam um ser que simplesmente quer... Que não sabe o que quer.

– Não sabe o que quer? – ela questiona.

– Sei... – o casaco de metal prende meu corpo. Deitado na cama, sofro a maior das torturas. – Sei que nunca saberei.

– Por toda a eternidade – ela ri.

Por toda a eternidade.

Meu corpo é esticado. Meus membros se desprendem. Pregos furam minhas costas. Espinhos furam minha cabeça. Choques fluem naturalmente. A água me afoga. O ar me sufoca. Meus olhos são forçados a ver. Meu cérebro é forçado a entender. Uma verdade? Qual verdade? A que ela diz? Sim. A maior tortura. Essa é minha maior tortura. Entendo o que ela diz. Palavras sem sentido, um discurso vago. Entendo o que ela diz. O que há de mais errado em todo o conhecimento. Entendo o que ela diz. Ensinamentos equivocados, uma ajuda que busca somente me atrasar. Entendo o que ela diz. Medo imposto pela falta de sabedoria. A falta de sabedoria imposta pela ignorância. A ignorância imposta pelo medo. Entendo o que ela diz. Infelizmente, entendo o que ela diz.

– Livre.

Livre? As barras de minha prisão são curvadas. Ela me liberta. Corro. O casaco, no entanto, me impede de correr. Não corro. Olho para trás e vejo os capangas se aproximando vagarosamente. Por mais lentos que sejam, são mais rápidos do que eu um dia serei.

O casaco cai. Me liberto. Verdadeiramente livre. Corro. A luz, a história, o universo. Ultrapasso todos. Eu serei o dono do conhecimento.

– Aonde acha que vai? – ela flutua ao meu lado.

Meu orgulho é minha ruína. Minha soberba veste o casaco.

O CONTÊINER

A noite é fria. A lua ilumina um corpo. Meu corpo. Com os pés doendo após mais um longo dia vagando por terras desconhecidas, rumo ao único lugar que me é familiar. Ao contêiner. No horizonte, o vejo. Passo a passo, me aproximo. Sinto o vento congelar meu nariz e empurrar um ar gélido para dentro de meu corpo. Durante o caminho, quase sou tragado pelo ambiente hostil. Rapidamente, porém, chego ao meu destino.

De pé em frente ao contêiner, vejo a palavra escrita em verde. Ali há tanto tempo, nem a leio mais. Antes, importante. Agora, ignorada. Antes, imprescindível. Agora, inútil. Meus olhos passam pelas letras e não decifram aquele código. Ele já não é mais entendido. No passado longínquo, fora. Hoje, ao abrir a entrada do contêiner, é escrito em uma língua que nunca aprendi.

Dentro do lugar, a escadaria está aberta. À minha espera, sempre à minha espera. O metal, quente e acolhedor, recebe meus dedos e me transporta ao subterrâneo. A cada centímetro, a luz perde sua intensidade. A cada segundo, o tempo para. Para onde vou, ele não existe. Para onde vou, o mundo da superfície não existe. Para onde vou, todos que um dia viveram não existem.

Termino a jornada e chego ao solo escuro. Tudo aqui é escuro. À distância, ouço alguém tentando adentrar o contêiner. Ele não consegue. Ela não consegue. Ninguém consegue. Ninguém além de mim. Ninguém é capaz de abrir a entrada que guarda o lugar onde resido sozinho na escuridão.

Quando o barulho incômodo termina, me sento. Sentado, pego o caderno. Com o caderno em mãos, puxo a caneta do bolso. Na posse da caneta, escrevo. Ao escrever, mesmo que a luz seja apenas parte de minha imaginação, vejo as páginas. Aqui, enxergo os meus arredores perfeitamente. O lugar é mais claro e nítido do que a vida metros acima daqui.

O que escrevo? O que escrevi? Tento ler os textos anteriores, porém eles não fazem sentido. Mal escritos. Repugnantes. Como um dia fui capaz de produzir tamanha monstruosidade? Retorno à página onde a tinta pintara as primeiras letras do dia. Apenas uma. O início de um enredo que não consigo contar. Não tenho outra opção...

Do outro bolso, o pego. Mais um dia, eu o usaria. Infelizmente, é a única maneira. O deposito em minha boca e sinto seu conteúdo se espalhar por meu corpo. Em minha língua. Em minha garganta. Em meu estômago. A partir de minha barriga, para todo o resto. Vejo o que me espera no mundo aonde rumo. Enquanto isso, na superfície, as pessoas tentam abrir o contêiner mais uma vez. Ignoro-os. A cena que observo se sobrepõe. Antes de viajar de fato, contemplo a nova realidade. Controlo-a apenas por uma fração de segundo. Quando chego...

Estou em um hotel. De todas as vezes em que vim para esse lugar, é a primeira que encontro um hotel. É um hotel? Só pode ser. Por um corredor delineado por um lindo carpete vermelho e paredes ornamentadas com quadros, corro. Caminho em alguns momentos, entretanto, na maior parte do tempo, corro. Cada vez mais rápido. Através das portas, fito rostos conhecidos. Através das portas, conheço rostos estranhos. Chego às escadarias. Subo. Incontáveis degraus ficam para trás em um piscar de olhos. Sem que um segundo se passe, estou no último andar.

Apenas um enorme apartamento compõe todo o piso. Abro minha porta. Em meu apartamento, uma festa transcorre de maneira agitada. Música alta. Bebida. Drogas. Pessoas. Muitas Pessoas. Todas as paredes do lugar são de vidro, de forma que a vista do exterior logo me atrai. Nenhuma Pessoa chama minha atenção, é a cidade que sussurra seus segredos.

Apoiado no parapeito da varanda, observo a noite banhar o mundo. Luzes. Quase toda casa ou prédio possui uma luz ainda acesa. Embora todos dormissem, as luzes permanecem ligadas. Por quê? O que os faz terem medo de uma noite que não mais existe? Iluminada, a noite deixou de ser o que sempre foi.

O prédio que abriga meu apartamento é o mais alto de toda a cidade, de modo que consigo ver todas as vidas de quem mora aqui. Eles pensam estar escondidos, protegidos por suas paredes de concreto. A segurança é a maior das ilusões. Talvez seja por isso que mantêm a luz ligada. Talvez saibam o que meu cérebro acaba de concluir em mais uma divagação. Mais uma perda de tempo.

Retorno ao interior do apartamento. Com a minha presença, a música diminui seu volume. Todos ali me conhecem e ao mesmo tempo não fazem ideia de quem sou. Querem apenas contar Suas histórias. É somente por isso que existem. Se não fosse por Seus enredos, ficariam para sempre presos na mente de alguém que escreve na escuridão.

Aproximo-me de um Deles. Ele fala, porém ninguém ali o ouve. As outras Pessoas sorriem e acenam somente por educação. Apenas eu o entendo. Com a música cada vez mais baixa, me atento ao que Ele diz. Talvez tenha algo importante preso em sua boca. Talvez seja alguém que busco há muito tempo.

– Foi quando minha esposa foi operada... – Ele inicia.

Caminho por um hospital. Branco. Movimentado. Médicos. Enfermeiras. Pacientes. Principalmente, pacientes. Em um corredor que não sei para onde me leva, continuo minha jornada. Rumo ao lugar relatado por Ele. Percorro o trajeto que me guia até o destino que somente Ele conhece.

– Havia rumores que o banco de sangue do lugar estava infectado. – Ele explica.

Chego onde Ele quer me levar. Abro a porta da sala de cirurgia e sou repreendido por diversos olhares. Um deles é Ele. Os outros provavelmente são Seus familiares. Na cama, provavelmente reside Sua esposa. Ao redor dela, provavelmente estão os médicos que realizarão a operação. Nada passa de uma mera suposição até que Ele me diga exatamente o que está acontecendo ali.

– Um homem desconhecido entrou na sala, porém logo se retirou.

Deixo o cômodo e, do lado de fora, tento escutar a conversa que ocorre dentro da sala de operação. Ouço a voz do médico. Ouço a voz Dele. Eles discutem sobre os rumores. Uns defendem a continuação da cirurgia. Outros, não querem que ela sequer comece.

Interessado, pego uma cartolina no corredor e começo a escrever. As informações são tantas que páginas de papel não são suficientes. Talvez tenha encontrado. Talvez seja o que busco. O princípio de um enredo triste. A morte precoce de alguém conhecido. Sim. Encontrei.

Um a um, a família Dele deixa o recinto e se junta a mim no corredor. Apenas a esposa Dele permanece na sala. Ela será operada. Sim. Ela morrerá. A história perfeita. Depois de tanto procurar, Ele me entregará a história perfeita. Nunca conduzida por mim, sempre por Eles. Resta-me escutar. Resta-me entender o que de fato aconteceu.

– Horas depois, os médicos anunciaram que a cirurgia foi um sucesso. – Ele diz sorrindo.

NÃO. Eu estava errado... Ele não é quem busco. Ele é somente mais um que se perderá nas páginas anteriores de rostos que nunca foram pintados. Sem nome, ainda sem uma real identidade, voltará a ser o que sempre foi. Ele, sem minha companhia, contará Sua história para os outros da festa. Para sempre, Ele falará sem notar que ninguém o ouve.

Seria muita sorte que logo o Primeiro me fornecesse a vida que não tenho. Seria muita sorte que anos de trabalho fossem reduzidos a um piscar de olhos. Hoje, assim como em todos os outros dias, devo continuar a procurar. E assim o faço. Aproximo-me de outra Pessoa. É uma Mulher.

– Foi na primeira vez em que fui a um jogo de futebol com meu pai. – Ela inicia.

A multidão representa que é um dia de clássico. Dois lados que durante o ano compartilham a mesma cidade e que, por algumas horas, se tornam rivais. Não chegam a brigar, não são tão incivilizados para tal. Ela, ao lado de Seu pai, caminha pela rua. Interditada no horário da partida, ela abriga milhares de torcedores.

– Tudo ocorria bem até que, perto da entrada do estádio, uma confusão se iniciou. – Ela explica.

Corpos se misturam em uma única cor. Companheiros de arquibancada lutam contra um mal que os olhos Dela não veem. Precisam ver. Não conseguem. Ela se aproxima. Junto de Seu pai, segue na direção da confusão talvez em busca de informações sobre o que está acontecendo.

Sim. Algo acontecerá ao Seu pai. Encontrei, não na primeira, porém na segunda tentativa. A poucos metros da tragédia, vestido com o uniforme de um time cujo nome não faço ideia qual é, a acompanho continuar. Sim. Continue. Preciso que Você continue.

– Meu pai disse para pararmos. Que é muito perigoso. Mais tarde, soubemos que foi apenas uma briga causada por um homem que tinha um ingresso falso. – Ela diz sorrindo.

NÃO. Novamente, não... Será que preciso ouvir outro tipo de história? Será que, pelo fato de minha vida ser uma, somente consigo relatar tragédias? Talvez deva tentar enredos diferentes, com Personagens que não compartilham meus sentimentos. Talvez o novo seja bem-vindo por alguém que sempre escreveu na escuridão. Um pouco de luz possivelmente trará o que busco.

Na festa, sento-me no sofá. Tento escutar as conversas que Eles têm entre si. Muitas vozes. Mais do que sou capaz de escutar. Isso não adiantará. Preciso escutar o que cada Um fala. Essa procura, ouvindo fragmentos, não resultará em nada. Levanto-me e me aproximo de uma Jovem que carrega uma taça de vinho tinto em suas mãos.

– Eu estava caminhando em um parque perto da minha casa. – Ela inicia.

Escuto com atenção. Sozinha, Ela caminha. Ela olha ao redor. Ela me força a olhar ao redor. Não vejo nada. Ela, porém, tem sua atenção direcionada a um arbusto do lugar. Um dos tantos parecidos. Por que Ela olha para ele? Não há nada ali. Será que escuta algo? Ela ainda não me deixa ouvir. Ainda não a conheço tão bem a esse ponto.

– No arbusto, encontro um cachorro. – Ela explica.

É um beagle. Branco, preto, marrom. Com a mão direita, Ela alisa sua cabeça. Assustado, o animal recua. Com medo, ele se esconde entre as folhas. Parece perdido, mas não leva em seu pescoço uma coleira. Abandonado? Sim. Só pode ser. Uma linda história entre uma Mulher que ocasionalmente encontra alguém que a acompanhará até o fim dos dias.

– Com um pedaço de pão em mãos, tento alimentá-lo. O cachorro, porém, sai correndo. No horizonte, vejo -o retornar à companhia de seu dono. – Ela diz sorrindo.

NÃO. Estou fadado ao fracasso. É isso que sou, um fracassado. Existe alguma história que mereça ser contada? Existe um enredo suficientemente bom a ponto de fazer com que lágrimas escorram em meu rosto? Seja de felicidade, de empatia, de medo. Qualquer causa. Qualquer história. Não. Qualquer uma, não. A perfeita. A imperfeição, entretanto, é o que me constrói. A imperfeição é o que constrói meus Personagens. Tento deixar que Eles mesmos elaborem suas histórias. Sem mim, no entanto, são incapazes.

A esperança se esvai em mais uma noite de completa escuridão. A tinta da caneta está próxima do fim, assim como o efeito desse lugar perto de ser interrompido. Há pouco tempo. Mas não posso ter pressa, ela já foi minha ruína em outras oportunidades. Avisto diversas Pessoas, porém nenhuma expele palavras dignas. Encontro um espelho na festa. Com uma moldura dourada, ele reflete Meu rosto.

– Em uma tarde de novembro, o sol raiava fortemente sobre minha cabeça. – Eu inicio.

Talvez somente Eu seja capaz. Talvez ninguém mais, além de Eu mesmo, consiga elaborar uma história memorável. Preciso de um enredo que me surpreenda. Se Eu pensar nele, porém, se Eu pensar nele, como isso poderá acontecer? Se for contado por alguém que existe fora do contêiner, estará infectado pelo mundo da superfície. Preciso de algo intocado. Algo pertencente a um ser que insiste em se esconder na multidão da festa.

– Caminho em direção ao contêiner. Nele, escrevo uma palavra. – Eu explico.

A leio. Ao lê-la com olhos que não são meus, enfim entendo seu verdadeiro significado. Somente assim posso realizar a obra perfeita. Mesmo que atrapalhado pela superfície, conseguirei. Sim. Finalmente conseguirei.

– Abro o contêiner e desço uma escada que leva ao subterrâneo. Em uma sala completamente escura, escrevo. – Eu digo sorrindo.

O enredo perfeito. Exclusivamente pensado por Mim. Um trabalho solitário. Um trabalho confortavelmente solitário. A escuridão, mais uma vez, me faz ver. Escrevo. Escrevo. Uma linha após a outra. Escrevo sobre minha própria vida. A maquio com analogias e um enredo. A disfarço para que ninguém, além de mim mesmo, saiba o verdadeiro significado da obra.

Finalizado o livro, retorno à superfície. Apresento meu trabalho ao mundo que não faz ideia do que aconteceu no subterrâneo do contêiner. Anos. Décadas. Talvez nunca descubram o que realmente quis dizer.

Ao lerem a obra, todos me parabenizam. Sorrisos. Elogios. Luto contra o orgulho e a soberba. Sei que o que criei é grandioso, porém tenho certeza que é tão especial somente para mim. Ninguém, além de mim mesmo, compreende cada sílaba posicionada no papel. Eles sabem o que leram? Entendem o que quis dizer? Caso não tenham entendido, sou um bom escritor? Do que adianta criar algo cujo significado apenas os participantes da festa são capazes de compreender? Em cada linha, eu os moldei. Construí vidas e sentimentos que eu nunca presenciei. Refletido em seres imaginários, os senti. Ao final do livro, percebo que Eles que me moldaram. Talvez o fato de entender que não sou eu o verdadeiro autor, e sim apenas o escritor que levou a caneta que delineou uma história já contada, consiga me salvar do sentimento nefasto que tenta me dominar. Luto contra o orgulho e a soberba. Talvez devesse ter ouvido alguém da antiga festa. Talvez ainda consiga ser humilde depois de tamanho egoísmo. Tentarei. Apesar disso, sei que os elogios me transformarão em alguém que sempre condenei. Até que consiga de fato ouvir, o contêiner, assim como o subterrâneo, deixará de existir. Até que consiga de fato ouvir, eu deixarei de existir. Afinal, o eu da superfície é apenas um dos tantos personagens da festa cuja música insiste em tocar cada vez mais baixo.

– Bom dia, alunos! – a professora de química diz depois de fechar a porta da sala de aula. – Hoje, assim como nas últimas semanas, continuaremos com o projeto da disciplina.

O breve anúncio, sempre igual, inicia mais um período no laboratório. Cinquenta minutos em que cada um prosseguirá no desenvolvimento de seu experimento. No meu caso, a "gelatina". Ainda não tenho um nome melhor. Ainda não sei defini-la de outra forma. Afinal, é exatamente o que ela parece, uma gelatina.

Depois de buscar meu experimento no estoque, retorno à mesa do laboratório e sento-me em um dos banquinhos. Com cuidado, coloco a gelatina em uma travessa de metal, acho que feita de alumínio. A gelatina se molda ao recipiente. Observo minha criação por um instante. Olho através de sua aparência transparente e me pergunto, tal como faço todos os dias, o que me levou a criá-la.

Após muitas ideias diferentes de minha parte, a gelatina foi finalmente aprovada. Acredito que foi o projeto que a professora viu como algo possível de ser moldado em uma forma relativamente já conhecida. A gelatina é uma ferramenta que, quando em contato com as letras escritas em um pedaço de papel, copia tais letras e as armazena. Assim, a gelatina pode ser conectada a um computador e transmitir os dados colhidos. Da mesma forma, arquivos podem ser escritos em um pedaço de papel na letra que a pessoa quiser, uma vez que o padrão de escrita esteja armazenado no banco de dados. Na verdade, se fosse necessário resumir o projeto, seria uma espécie de *scanner* que transforma letras escritas em letras digitadas e vice-versa. A gelatina já existe, mas não exatamente da maneira como tento reproduzi-la. E isso já basta para causar certa inquietação.

– Como está indo? – minha colega pergunta ao se aproximar.

– Tudo bem, acho que estou perto de acabar.

– Que bom. Desde que ouvi sua ideia a achei muito... – ela me fita e hesita em definir a gelatina. – Diferente – um adjetivo inaceitável, uma qualidade estranha aqui. – É estranho ter algo diferente aqui.

– É... – murmuro. – E seu experimento, como está indo? – por mais que tente me lembrar do que se trata, não consigo. Se alguém me indagasse, diria que a gelatina é o único projeto que existe no laboratório. Ela somente se expressa de modos diferentes, se molda ao que cada um quer que ela seja.

– Bem... Ainda falta um tempo, mas está indo bem – minha colega diz e logo retorna ao seu lugar na mesa ao lado.

Copiar o que já existe é tudo que faço aqui. É o que todos fazem aqui. A gelatina. O que ela faz. As ideias. Esse é meu papel aqui. Esse é nosso papel aqui. Nada novo é criado. Nada diferente. Pelo menos achava que não. Tão acostumada ao "normal", ver algo minimamente distinto causou certa excitação em minha colega. Mesmo que esse algo sirva apenas para reproduzir o que já é perfeitamente conhecido por ela.

O sinal que define o final do período soa. A professora, com o mesmo olhar de sempre, realiza o discurso que faz ao final das aulas. É o fim de mais uma semana de experimento. Ao mesmo tempo, é o início de outra etapa do projeto. Acredito que sou o único perto de finalizar a tarefa. Todos provavelmente terminarão ao mesmo tempo. Apresentarão, em conjunto, suas criações. Criados por quem? Que funções tais criações terão aqui? Como algo diferente pode surgir aqui? Caso um mínimo detalhe saia do padrão e do planejado, não sei quais serão as consequências. Mesmo assim, me arrisco.

– Está indo para a próxima aula? – uma de minhas colegas pergunta enquanto caminho no corredor. Acho que é a mesma que conversou comigo no laboratório.

Não tenho certeza, afinal, como ter? Como diferenciar alguém aqui?

– Sim, estou – um piscar de olhos após minha resposta, vejo o corpo de minha colega cair. Ouço as risadas de quem a derrubou. Avisto um grupo de jovens. São eles que riem. Acho que ele colocou o pé na frente do caminho dela. Acho que o conheço. – Por que fez isso com ela? – pergunto ao me aproximar dele.

– Vá embora – ele responde rindo. Com um empurrão, me afasta. Seus amigos me encaram. Não posso fazer nada além de recuar. Impotente, retorno à companhia de minha colega.

– Está bem? – ajudo-a levantar.

– Sim, estou – ela diz com um sorriso misturado a uma vergonha. Está feliz por ver que alguém se preocupou. Está preocupada que alguém tenha visto.

– Vamos para a aula?

– Vamos.

Sentamo-nos lado a lado. Aguardamos o início do período. Logo, o professor chega. Em seu rosto, a mesma face que a professora anterior. Algumas mudanças, obviamente, mas em geral é igual.

– Bom dia, alunos! – ele exclama. – Continuaremos de onde paramos! – é o que fazemos. Continuamos. E continuamos.

O professor senta-se em seu lugar perto do quadro e espera que o primeiro aluno levante. É sempre a mesma ordem. Ao meu lado, minha colega muda de aparência.

Apesar disso, é a mesma. Qualquer pergunta que eu faça será respondida da mesma maneira. Qualquer opinião dela será a mesma. Assim, essencialmente, é a mesma colega. Todos aqui são.

O primeiro aluno se aproxima do quadro. Ele começa a desenhar no plano tridimensional que compõe o quadro-negro. Um desenho incrível. Uma obra de arte. Belo. Perfeito. Aos olhos de todos aqui, porém, ele é comum. Muitas vezes alguém já fez algo semelhante. É difícil que alguém desenhe objetos minimamente diferentes. Na verdade, a essa altura, creio que é impossível.

Contemplo o desenho. Ainda consigo me encantar com as formas circulares que pulsam para dentro e para fora do quadro. Linhas abstratas que possuem conexões e sentidos completamente aleatórios. Mesmo assim, são iguais. Mesmo completamente aleatórios, são iguais ao anterior. Aqui, até na aleatoriedade existe um padrão.

– Por que esse olhar encantado? – a colega ao meu lado pergunta. Ela não é a mesma do corredor. Nem a mesma do laboratório. Talvez seja uma terceira pessoa. Talvez todas elas. Afinal, são todas iguais.

Deixo-a sem uma resposta. Ela não entenderia minha paixão pelo que seus olhos veem como comum. Os meus, por outro lado, observam cada detalhe. Círculos onde cada fragmento tem uma cor e uma gravidade própria que interage com o resto do objeto. No meio do círculo, um líquido negro deixa a luz passar de um fragmento ao outro somente quando quem o desenhou assim quer. A cada instante, o líquido muda sua forma e cor, sofrendo influência das conexões gravitacionais dos fragmentos.

Levanto-me para observar mais de perto. Todos me olham com estranheza. Apesar disso, continuo a caminhar na direção do quadro. A centímetros do desenho, o vejo em toda a sua simetria desordenada. De perto, ele é ainda mais belo. De perto, o caos que ele representa faz ainda mais sentido. Mas somente eu o enxergo assim.

Depois de alguns segundos, me liberto da gravidade que emana do desenho e puxa minha atenção. De volta ao meu lugar, sento ao lado de alguém que já vi diversas vezes e, mesmo assim, é uma desconhecida. O professor, enquanto isso, fica de pé. No quadro, ele expõe a fotografia de outra forma metamórfica incrível. Ela é mais impossível de ser descrita ou definida do que o desenho feito por meu colega.

– Desenhe! – o professor exclama para mim. Ele parece não ter gostado de minha atitude.

Vou até o quadro e inicio meu desenho. Deixo minha mão levar os riscos que formam algo que nunca vi. Pergunto-me, enquanto desenho, o que é isso. Nunca vi nada igual. É... Disforme... Esquisito. Malfeito. Quase repugnante. Não há adjetivos suficientes para compor o que vejo. Uma obra minha. Não achei que fosse capaz de realizar tamanha atrocidade.

– O que é isso...? – o professor murmura quando nota que eu finalizei o desenho. – Como fez isso? – ele parece surpreso, até mesmo encantado. – Não, não pode estar certo. Você tem de ir para a enfermaria!

– Mas eu... – tento me justificar, porém sou praticamente arrastado para fora da aula pelo professor. Em meu caminho rumo ao corredor, observo os olhos de meus colegas. Nenhum deles me fita. Eles contemplam meu desenho. O veneram.

Sem opção, caminho na direção da enfermaria. Qual é meu problema? Do que me tratarei? Há algo para se tratar? Somente fiz algo diferente. Aqui, porém, isso é o suficiente. Não consigo evitar. A igualdade, mesmo que de características e obras incríveis, torna tudo perfeitamente comum. Qualquer ação ou atitude fora do padrão é vista com estranheza. Todos, assim como a geleia de meu experimento, se moldam ao ambiente da escola. Quando algo ou alguém rompe essa igualdade, ainda que sem a intenção, é enviado a um lugar para ser "consertado". E é para lá que vou.

– Bem-vindo, meu jovem – o enfermeiro me recepciona. Ele é um senhor. Seus cabelos brancos escondem uma calvície que se espalha por toda a sua cabeça.

– Olá... – respondo.

– E então, o que houve?

– Não sei... Desenhei algo que o professor não gostou.

– Entendo... Deite-se, por favor – ele aponta para a cama.

Deitado, respiro fundo. Lentamente, fecho os olhos. Vejo a completa luminosidade se tornar um clarão que existe somente além de minhas pálpebras. Ouço o enfermeiro dizer algo. Acho que é uma pergunta. Ele começa a apertar meu peito. Parece fazer algum exame. Deitado, sinto minha respiração ficar pesada. A cada segundo, respirar se torna uma tarefa mais difícil. A luz que tenta atravessar meus olhos aos poucos se apaga. E então...

A escuridão. Nela, a solidão. Vejo meu passado. Creio que seja meu passado. Desacostumado a perguntar, permaneço com essa e tantas outras inúmeras dúvidas. Observo uma vida distante, em que cada um possuía sua própria personalidade, em que os desenhos se diferenciavam e a avaliação era feita de outra maneira. Aqui, o que é importante não existe mais no lugar onde meu corpo reside. Lá fora, a esterilidade domina todos os seres. A primazia pelo melhor, e somente pelo melhor, tornou tudo além do perfeito... Imperfeito. E o que é imperfeito deve ser reprimido.

Eles não lembram mais. Como poderiam? Foram ensinados a copiar, a seguir somente uma verdade. Sem questionamentos, como poderiam?

Sinto a primeira respiração aqui. Uma nova vida. A escuridão lentamente desaparece. Em seu lugar, o vazio eterno. O lugar mais belo já construído. Ele espera para ser povoado. Anseia por um conteúdo que somente quem visitou a escuridão é capaz de fornecer. Minha respiração se torna difícil. Sinto um incômodo em meu nariz.

– Acorde! Seu nariz está sangrando! – o enfermeiro exclama. Desesperado, seu olhar tenta entender o que acontece. Por mais que tente, nunca entenderá. – Já chamei seus pais. Eles o vieram buscar. É melhor voltar quando estiver se sentindo normal – ele me guia até o corredor. A lucidez, pela primeira vez em minha vida, é dona de meu corpo. Vejo o que ninguém aqui parece ver. Por que eles não veem? É tão simples.

– Filho! – meus pais me abraçam.

Pela primeira vez, entendo que eles meramente ignoraram esse lugar. Depois daqui, as vidas deles continuaram a ser guiadas por um caminho trilhado muito antes de seus nascimentos. Livre, eles devem ter pensado ser um dia. Não, com certeza não são. Sem a escuridão, não há o vazio. Sem o vazio...

– Está bem, filho? Esqueceu-se de tomar os remédios de novo? – minha mãe questiona.

– Não... Não sei.

– Aqui, tome – ela me entrega o comprimido e um copo d'água. Ingiro o medicamento e sinto a pílula descer em minha garganta.

Sinto a luz iluminar tudo. Sim. Sinto que tudo está de volta... Tudo está de volta ao normal. Tudo está perfeito.

ANO - NOVO

– Bem-vindo! – Raquel me recepciona.

– Oi, mana! – abraço-a. – Ainda não perdeu o peso que ganhou na ceia de natal?

– Muito engraçado – ela sinaliza para que eu entre em sua casa.

– Oi, Luís – aperto a mão do marido dela.

– Chegou na hora – ele diz. Sua recepção, porém, é interrompida.

– Finalmente! – Lucas exclama ao notar minha presença. Aparentemente, eu fui o último a chegar.

– Oi – abraço-o ao me aproximar dos sofás. Em seguida, saúdo minha outra irmã e meu outro irmão, assim como seus respectivos companheiros.

Embora seja o mais novo dos cinco irmãos, Alessandro foi o primeiro a se casar, com apenas 20 anos. Agora, dois anos depois, seu relacionamento com Elisa parece

Ano-novo

mais sólido do que nunca. Ao lado dos dois, estão sentados Paula e Otávio. Filha do meio, ela sorri ao beijar meu rosto. Seu namorado, enquanto isso, cordialmente aperta minha mão.

– Demorou por quê? – Lucas, o mais velho dos cinco irmãos, pergunta. Por mais que eu ainda o veja como meu irmão mais velho que nunca comete erros e é invencível, o rosto dele expõe os primeiros sinais da nova década que adentrou recentemente. Trinta anos é um número estranho naquele grupo de jovens. Segundo mais novo entre meus irmãos, tenho de carregar o peso de ser chamado de "queridinho da mamãe" há muito tempo, desde que me lembro de minha existência, na verdade.

– Quando estão pensando em ir para a praia? – é uma tradição de nossa família passar o ano-novo com os pés sobre a areia. Infelizmente, dessa vez nossa mãe não estaria presente. Presa em seu trabalho no exterior, ela conseguira celebrar pelo menos o natal ao nosso lado.

– Estávamos te esperando – Raquel, a segunda mais velha entre os irmãos, responde.

– Vamos? – Lucas se levanta.

– Vamos – cada um de sua maneira, todos respondem. Uns sussurram. Outros dizem. Alguns exclamam. Uma simples palavra retrata perfeitamente o perfil daquelas quatro pessoas que conheço desde meu nascimento, há mais de 23 anos.

Em nosso grupo de oito pessoas, rumamos à praia. Duas quadras nos separam da beira-mar. Conduzida por conversas sobre o ano que está acabando, a caminhada é rápida. Embora tenhamos nos reunido há poucos dias, no natal, existem muitos assuntos sobre os quais não faláramos. Ao lado de Raquel e Luís, durante os cinco minutos que demoramos a chegar à praia, contei a famigerada história de meu aniversário de dez anos. Foi incrível ver que, mesmo depois de tanto tempo casado com minha irmã, Luís ainda não havia ouvido o relato.

– E depois que Lucas perdeu o dedo do pé? – Luís questiona no momento em que eu termino de contar a história.

– Ouvi meu nome? – Lucas se intromete.

– Sim. Estou dizendo o porquê de você não ter um dos dedos de seu pé esquerdo – respondo sorrindo.

– Nossa, existe alguém nessa família que ainda não sabia? Achei que era um pré-requisito – ele retruca. A essa altura, estamos esperando a sinaleira fechar para atravessarmos a rua que separa os prédios do calçadão.

– Também me surpreendi quando percebi que Luís não sabia – Raquel confessa.

– É uma história e tanto – Luís ri.

– Vamos – na frente do grupo, Alessandro anuncia que podemos prosseguir.

Depois de passar pelos poucos metros de calçadão, a praia. Sem a iluminação do sol, as luzes de celulares e postes de luz tentam evidenciar a grande confusão que se estende por todo o litoral. Milhares de pessoas se espalham até onde a vista alcança. E, no ponto onde estamos, não é diferente. Um furdunço digno de dias ensolarados.

– É impressão minha ou esse ano tem ainda mais gente? – Paula questiona.

– Quando me disse que era agitado com toda aquela ênfase, não sabia que estava realmente falando sério – Otávio observa os arredores. Corpos e mais corpos é o que ele vê. O mar, a poucos metros de distância, não existe em nossa visão. Se dissessem que ali era uma grande caixa de areia, não teríamos argumentos que pudessem refutar tal afirmativa.

Os poucos minutos que nos separam do novo ano demoram a passar. Apesar disso, nenhum de nós olha para o relógio. Sabemos que o tempo transita de maneira vagarosa porque vemos as sombras de todos ao nosso redor, vultos que se desprendem dos corpos lentamente e começam a desaparecer no ano que está prestes a acabar.

– Feliz ano-novo! – todos dizem. Raquel me abraça. Alessandro me abraça. Paula me abraça. Lucas me abraça. Juntos, nós, os cinco irmãos, nos abraçamos. Mais um ano-novo juntos. – Feliz 2043!

Os fogos de artifício iluminam o céu. Verde. Dourado. Vermelho. Azul. Um espetáculo incrível. Os sons das conversas são abafados. Somente o barulho dos fogos é ouvido. Com as cabeças posicionadas quase em um ângulo de cento e oitenta graus, observamos em silêncio.

– Realmente incrível – Otávio confessa. É a primeira vez que ele participa do ano-novo aqui.

– Gostou, amor? – Paula indaga.

– Muito – ele diz e sorri antes de beijá-la.

Nossos pés tocam a areia. Na verdade, é ela que toca nossos pés. Ninguém usa sapatos ou tênis, não ousamos proteger nosso corpo. Não hoje. O uso exclusivo de chinelos e sandálias se dá pelo fato de termos a tradição de pular as sete ondas no ano-novo. Otávio, nunca antes participante da cerimônia, provavelmente fora alertado por Paula.

– Vamos! – Lucas exclama. Ele olha para o grupo e logo sai correndo em direção ao oceano.

– Vamos! – Raquel incentiva que o acompanhemos. E assim o fazemos.

Dezesseis pernas tentam espantar o frio transmitido pela água. Gelada. Não, muito mais. Está congelante. A primeira onda se aproxima. Formamos uma barreira, uma linha de mãos dadas. Oito pessoas que pulam quando a primeira onda passa. Rimos. Ninguém cai. Ainda não. Otávio, principalmente, não entende o motivo do que fazemos. Eu mesmo me questiono qual a razão para realizarmos tal atividade. Mas, em minoria, seguimos o grupo e pulamos a segunda onda. E a terceira. E a quarta. Deveríamos ter bebido mais antes, assim nosso equilíbrio estaria pior e poderíamos presenciar cenas memoráveis de alguém caindo na água. A quinta onda se aproxima. Pulamos. A sexta. A ressaca do mar é grande. A sétima onda demora a chegar. A água desce até o nível de nossos tornozelos. O oceano se prepara para a última onda.

– É agora! – Lucas grita com alegria. Ele é um dos que mais gosta de seguir as tradições.

– Pulem! – Paula exclama. No ar, vemos o céu ser rompido por um raio. Quando nossos pés tocam a areia, o seu som atinge nossos ouvidos. Não é barulho normalmente feito por um raio. É mais...

– Nossa, que raio! – Alessandro comenta.

– Até parece que sincronizou com a gente – digo.

– É – Lucas fala com certo ceticismo. – Foi incrível. Agradeço por todos, apesar de não termos mais idade para isso, continuarem a fazer algo que nossa mãe certamente nos obrigaria a fazer se ela estivesse aqui.

– Que isso, mano, todos gostamos de pular as ondas. Não precisa agradecer – Raquel responde. – Agora vamos voltar, antes de pegarmos um resfriado.

O caminho de volta não é realizado com a mesma empolgação. A lembrança feita por Lucas em relação à ausência de nossa mãe aflorou a saudade que todos sentíamos. Apesar disso, as conversas fluem naturalmente. Sem a mesma sinceridade e interesse, mas fluem. Em poucos minutos, estamos novamente em frente à casa de Raquel.

– O que é isso? – com a chave de sua casa em mãos, Raquel se abaixa para pegar algo posicionado sobre o carpete de entrada. De pé, ela abre uma carta. Em silêncio, ela a lê.

– O que foi, mana? – Lucas questiona quando nota a reação de Raquel. Nossa irmã expõe um par de olhos confuso. Acima deles, um par de sobrancelhas se curva e tenta fazer com que as palavras escritas no papel façam algum sentido.

– "Filhos" – ela inicia a leitura da carta. – "Enquanto estavam na praia, pedi para que um auxiliar meu espalhasse moedas pela casa. Elas são parte de minha coleção. Procurem por elas. Apenas vocês cinco. Quem achar mais, ganhará um prêmio que está exposto em uma carta também escondida na casa. A carta deve ser aberta somente pela pessoa que encontrou mais moedas. Feliz ano-novo. Com amor, mãe."

– Um prêmio...? – questiono.

– Que estranho... – Paula comenta. – Por que ela faria isso?

– O que deve ser? – Alessandro reforça a dúvida.

– Acho que só descobriremos quando terminarmos – Raquel diz ao girar a chave no trinco. – Como faremos para delimitar o tempo que teremos para procurar? – ela age como se apenas esperasse a chegada desse momento.

– Dez minutos me parece razoável – Lucas responde com igual confiança.

– Tudo bem. Todos concordam? – Raquel indaga meus irmãos, que respondem com um sim. Hesitante, faço o mesmo.

– Enquanto procuramos, creio que é melhor esperarem do lado de fora da casa – Raquel direciona a palavra a Luís, Otávio e Elisa. – Podem ficar nas redes – ela aponta para a sacada.

– Tudo bem... – Luís atende ao pedido sem fazer quaisquer questionamentos. Embora sua boca não expresse, seu rosto diz que ele, assim como Otávio e Elisa, não está totalmente confortável com a situação. Na verdade, nenhum de nós está. Somente Lucas e Raquel parecem ter alguma noção do que acontece.

– Sei que parece estranho, mas nossa mãe faz isso às vezes – Raquel tenta tranquilizá-los. Suas palavras não são mentirosas, porém nossa mãe fizera algo parecido somente em uma única outra oportunidade muitos anos atrás.

– Nós entendemos – Elisa diz ao se despedir. Ela e os outros dois logo se aconchegam nas redes.

– Vamos procurar pelas moedas, então – Lucas incentiva o início da busca.

– É 00:27 agora. Então, às 00:37 nos reuniremos para contar as moedas e revelar o vencedor. Caso ele queira, poderá falar o que é o prêmio. Tenho certeza que não sou a única que está curiosa. Espero que alguém ache a carta que diz o que ele é – Raquel organiza a "atividade".

– Tudo bem, vamos – Lucas diz.

Iniciamos a procura das moedas sem uma expectativa de que o prêmio seja algo de muito valor. Provavelmente é apenas uma lembrancinha de nossa mãe. É possível até que seja um objeto que será compartilhado por nós e que essa "caça às moedas" seja um mero passatempo, um modo que nossa mãe encontrou para se fazer presente no ano-novo.

Por mais que a empolgação não agilize meu processo de busca, logo encontro algumas moedas. Pelo corredor. Espalhadas em uma estante de livros vazia. Em meu caminho até o quarto de hóspede. Ao total, oito moedas. Minha esperança é que, dentro do cômodo, esse número no mínimo dobre. Assim, abro a porta e ligo a luz.

Há um relógio no quarto. 00:31, o tempo é curto. Procuro embaixo da cama. Mais uma moeda. Nove. Será que meus irmãos encontraram mais? Provavelmente. Tenho de continuar buscando. 00:33. Abro as portas do armário de madeira escura. Um marrom negro, quase preto. Dentro, um pequeno papel. Sobre ele, uma moeda. Dez.

Intrigado se essa é a carta anteriormente mencionada, decido abrir o envelope. Sei que não posso, mas tento. Não lerei seu conteúdo. Tal luxo está reservado àquele que encontrar mais moedas ao final da contagem. Somente verei se ela de fato é a mensagem que contém as informações sobre o prêmio. Meus dedos sentem um papel suave. Eles deslizam e quase rasgam as pontas da pele que marca o fim de minhas mãos. Tenho medo de estragar a mensagem. Tenho medo de estragar todo o evento. Olho para trás e vejo que estou sozinho. Ainda estou sozinho. Tento abrir a mensagem novamente. Consigo. Consegui! Dentro dela, tiras de papel compõem o texto. É impossível juntar tudo antes que o tempo acabe. Não conseguirei ler as palavras. Não que eu queira, ou em algum momento tivesse pensado em realmente ler, mas por sorte do destino minha curiosidade foi interrompida antes de me levar a um caminho sem volta. 00:35.

– Venham para a sala! – uma voz exclama à distância. – Vocês têm de ver isso! – Paula grita em um tom que expressa o mais confuso medo.

Ela tenta fazer com que paremos de procurar pelas moedas ou realmente algo importante aconteceu? É difícil confiar nela nesse momento. Parado em frente ao armário, olho para o corredor e noto Alessandro passando. Ele acreditou em Paula. Está indo para a sala...

– Nossa! – ele exclama. – Venham para cá!

Não é possível que os dois tenham combinado de armar essa situação. Devo ir para a sala. Tenho de acreditar neles. Por mais que seja complicado, coloco a mensagem no bolso e fecho as portas do armário. Hesitante, tomo o caminho da sala. 00:36. Ainda tenho mais um minuto. Em passos lentos, procurando alguma moeda pelo corredor, chego à sala. Em frente à televisão, todos, com a exceção de Lucas e Raquel, observam o noticiário. Aparentemente, a transmissão da virada do ano foi interrompida por algum acontecimento.

– Venha – Elisa diz ao me avistar. – Rápido – ela, Luís e Otávio, assim como meus irmãos, estão com os olhos vidrados na tela.

Receoso, com medo do desconhecido após ver as reações de quem assiste ao noticiário, me aproximo da televisão. 00:37. Lucas e Raquel enfim retornam à sala. Em silêncio, ouvimos. "O primeiro contato foi feito na costa da Somália. Em seguida, outros diversos lugares relataram avistamentos semelhantes. As imagens falam por si..." O âncora diz com pesar em sua voz. O vídeo mostra seres monumentais, escondidos entre as nuvens. Apenas suas pernas, seus tentáculos, aparecem perto do solo. Seus movimentos são lentos e ritmados. Seu cheiro quase é sentido pelo olfato de alguém que não acredita no que vê.

– O que é isso...? – murmuro.

– Não sei... – Paula responde sem conseguir colocar qualquer energia em suas palavras.

– Será que nossa mãe está bem? – Alessandro questiona.

– Ela está bem – Lucas diz com uma confiança que existe somente na boca dele nesse momento.

– Espero que sim... – Alessandro não pisca uma vez sequer. Seus olhos estão hipnotizados pela criatura.

– Alguém encontrou a mensagem que fala sobre o prêmio? – Raquel quebra a conversa e muda de assunto repentinamente.

– Eu... – gaguejo. – Eu encontrei uma carta... – tenho dificuldades em formular um discurso. De um lado de meu cérebro estão as imagens dos seres que nos invadem. Do outro, uma mentira que tenho de formular nesse instante. Não sei como descrever o acontecimento sem revelar minha tentativa de leitura da mensagem. – Mas não sei se é a que fala sobre o prêmio.

– Tem de ser – Raquel diz. Antes de iniciarmos a contagem das moedas, Lucas me surpreende e toma a carta de minhas mãos. Antes que eu possa reagir, ele sai correndo.

– O que está fazendo?! – Alessandro pergunta. Mas Lucas não responde. Na velocidade mais rápida que consegue, ele vai até a entrada da casa. Sem entendermos o que acontece e o motivo da atitude de nosso irmão, conseguimos acompanhá-lo somente depois que alguns segundos se passam. À distância, vemos ele entregar a carta a um estranho que o espera do lado de fora da casa. Para Lucas, o homem não é um estranho.

– Desculpem-me, mas tive que fazer isso – Lucas diz ao retornar calmamente.

– O que você fez?! – Paula parte para cima dele.

– Não posso explicar – Lucas adota uma postura serena.

– Por que fez isso?! – Alessandro também o ameaça.

– Você não a daria para outra pessoa... – Raquel, que estranhamente também fala com uma voz tranquila, diz sorrindo. – Sei que ela ainda está com você – Raquel e Lucas demonstram saber mais do que eu e meus irmãos.

– É... – Lucas confessa e esboça um sorriso sarcástico. – Sabemos que ela é muito valiosa, não é mesmo? – ele insinua ao fitar para Raquel.

– O que está acontecendo? Digam logo! – Paula exige uma resposta. Em silêncio, tento entender o que acontece. Dentre todas as possibilidades que passam por meus pensamentos, sei que nenhuma delas é a correta. Saberei a verdade somente quando Lucas ou Raquel a revelarem.

– Tudo bem... – decepcionada, Raquel sussurra. – Você tinha que fazer isso? – ela indaga Lucas.

– Desculpe, achei que funcionaria... – ele responde. Aos poucos, sua aparência calma é substituída por um rosto triste. Lucas não chora. Ainda não.

– Enfim... – Raquel encara Lucas com um par de olhos que representa uma imensurável decepção em relação à tentativa de nosso irmão. – Não queria que descobrissem assim, mas é a única maneira, agora que Lucas fez... isso... – ela respira fundo. – Há cerca de um mês, nossa mãe chamou eu e Lucas para conversarmos com ela pessoalmente e...

– Mãe! Há quanto tempo – saúdo-a ao ver seu rosto se revelar por detrás da porta.

– Oi, filha – ela diz. Há algo de estranho. Ela não consegue esconder. – Entre. Lucas acabou de chegar, preciso conversar com vocês – em um instante, estamos os três reunidos nos sofás da sala de estar. Ao sentar-me, cumprimento meu irmão. Ele expõe, através de um olhar perdido, que também não faz ideia do motivo de nossa visita.

– O que foi, mãe? Por que nos chamou aqui tão de repente? – Lucas questiona.

– Tenho de contar algo que só pode ser dito olhando em seus olhos. – ela nos fita com seu olhar sempre doce. Mas hoje ele parece corrompido. Hoje ele passa a sensação de que viu imagens que não deveria ter visto.

– Pode falar, mãe – ansioso, Lucas a incentiva a continuar.

– Ontem nós vimos algo... – ela olha para os arredores e tenta encontrar, em sua casa, um objeto que a ajude a contar o que aconteceu. Ela observa as fotografias de suas primeiras missões em Marte, os certificados científicos, os prêmios das descobertas que fez. Agora, porém, nada a ajuda. – Não sei descrevê-los. Não sei dizer se são eles ou elas, se possuem algum pronome apropriado... – nossa mãe hesita e se perde em seus próprios pensamentos. Entre cada piscar de olhos, ela parece rever os seres que tenta retratar. – Eles estão próximos. Mais próximos do que pensávamos.

– Quem são eles, mãe? – Lucas questiona.

– Temos pouco tempo, muito pouco tempo. No máximo, até os primeiros dias do ano que vem.

– Pouco tempo para quê? – pergunto.

– Para fugirmos – ela confessa.

– Fugirmos? Do quê? – insisto.

– Deles – seus olhos possuem olheiras enormes, quase tão escuras quanto as pupilas que estão presas ao momento em que viu "eles". – Reúnam seus irmãos na noite de ano-novo. Até lá, terá dado tempo para que eu consiga que um de vocês... – ela nos encara e segura um choro. – Já falei demais – nossa mãe se levanta.

– O quê? Nos explique o que aconteceu! – Lucas exige.

– Por favor, já falei demais – ela repete.

– Vamos, mano – puxo-o pelo braço.

– Mãe – ele agarra o corpo dela e a balança com força. – Mãe – Lucas tenta fazê-la retornar à realidade. – Mãe! – todo o esforço dele, no entanto, é inútil.

– Deixe-a, Lucas – afasto-o de nossa mãe. – Voltaremos mais tarde. Tudo bem, mãe?

– Tudo bem. Tudo bem. Tudo bem – ela repete de modo assustador.

– Mas quando voltamos, cerca de uma hora depois, ela não estava mais lá – Raquel diz ao terminar o relato.

– Por que a deixaram sozinha lá? Ela claramente precisava de ajuda! – Paula critica a atitude de nossos irmãos.

– Se a tivesse visto, entenderia o que fizemos – Lucas comenta.

– Nossa mãe não estava bem, isso realmente é verdade – Raquel fala com certo arrependimento. – Mas ela nos... assustou. Ficamos com medo de ficar ao lado dela, por mais insano que isso possa parecer.

– Realmente parece! – Paula exclama.

– Então é isso, vocês sabiam que somente um de nós viveria. Esse é o prêmio, não é mesmo? Um lugar na viagem de evacuação – concluo ao finalmente entender cada ação de meus irmãos.

– Exatamente – Raquel confessa. – E acho que Lucas pensou que a mensagem teria as coordenadas para o lugar onde um de nós deve ir. Foi o que eu pensei, pelo menos.

– Sim... – Lucas demonstra total arrependimento. – Desculpem-me, mas, se vissem nossa mãe, fariam o mesmo. Ainda mais depois do que a televisão mostrou. Vocês não sabem o que é ver materializado um ser que assombrou meus sonhos desde o momento em que tive conhecimento sobre sua existência.

– Isso quer dizer que todos vamos morrer...? – Elisa conclui. Ela fala algo que todos dizíamos para nós mesmos, mas que tínhamos medo que fosse realmente verdade. Se nunca falássemos sobre o assunto, talvez ele permanecesse uma mera especulação. Agora, essa possibilidade simplesmente não existe mais.

– Tudo ficará bem, amor – Alessandro a abraça.

– E agora? – pergunto.

– Agora contaremos as moedas.

O FANTASMA

– Ali – meu pai orienta nossa família. Todos vieram na viagem. Além dele e de minha mãe, até mesmo minha vó está aqui. Não sei como ele as convenceu. Elas detestam futebol.

– Nossa, não tem cadeira em nenhum lugar? – minha mãe questiona. Acostumada a um maior conforto, ela reclama com certa razão.

– Pelo jeito, eu até que entendo bem o que as pessoas dizem aqui. Foi o que o homem que vendia os ingressos me falou. Tentei comprar em um setor melhor, mas simplesmente não há – meu pai responde, rindo. Por mais que seu espanhol não seja perfeito, ele consegue se comunicar minimamente. Ao menos, conseguiu até agora.

O estádio do time de futebol local está lotado. É dia de clássico. Entre duas equipes que nunca ouvi falar, mas é um clássico. Em minha cidade natal, já fui ao estádio algumas vezes, porém nunca vi algo parecido. Os torcedores aqui expõem uma emoção incontrolada. Vestemse com as cores do time e abraçam desconhecidos que se tornam amigos durante algumas horas. Gritam e cantam com toda a força de seus pulmões. E isso que o jogo sequer começou.

Cerca de quinze minutos antes do início da partida, uma comoção se inicia na parte de baixo das arquibancadas. Perto do portão de saída, vários homens e mulheres discutem com os seguranças do estádio. São poucas pessoas que cuidam do local. Estão sobrecarregados.

– Vai lá ver o que está acontecendo! – preocupada, minha mãe exclama para meu pai.

– Está bem... – contrariado, ele começa a descer os degraus da arquibancada. Em poucos segundos, seu corpo está próximo do restante da multidão, a qual continua a reclamar sobre algo com os seguranças.

O lugar onde estamos sentados é próximo do "fim" do estádio, de forma que poucos metros me separam do muro que demarca a última fileira da arquibancada. Lembro-me de o guia do hotel dizer que a vista aqui é incrível, que a cidade inteira pode ser observada a partir do estádio. Assim, impaciente com a demora de meu pai, resolvo subir os degraus e me aproximar do muro.

Ao chegar ao meu destino, percebo que não consigo enxergar o exterior. Sou muito baixo para tal. Fico nas pontas dos pés. Ainda não vejo o que vim aqui para ver. Esforço-me e tento me apoiar no muro, erguer meu corpo apenas o suficiente para que meus olhos superem a parede de concreto.

– ¡*Yo, tú!* – ouço uma voz gritar. Acho que está chamando minha atenção. Curioso para ver quem é, desisto momentaneamente de minha tarefa e procuro pelo homem. – ¡*Veni aquí!*

– Oi... – rapidamente noto quem é o dono da voz. – O que houve? – pergunto ao me aproximar.

– *Suba acá* – ele diz. Com o dedo indicador, aponta para uma pequena caixa posicionada perto dele na última fileira. – *No hay problema, puede subir* – o homem me ajuda a ficar de pé sobre o objeto. Acho que ele vira minha tentativa de observar o exterior e resolveu me ajudar. – *Ahí está* – quando me equilibro sobre a caixa, ele sorri, orgulhoso por ter me auxiliado.

– *Gracias...* – pronuncio uma das únicas palavras que sei em espanhol.

– *De nada* – durante um momento, admiro a cidade. Poucos prédios a compõem. A maioria das casas é velha. Mas tem uma região, no topo de uma parte mais alta, que se destaca. – *Aquel és el barrio del cartel* – o homem explica. Ele parece ter notado que meus olhos foram seduzidos pelo único lugar verdadeiramente belo da paisagem. O guia não estava errado, porém aquela região em específico é mais deslumbrante do que toda a cidade.

Uma enorme mansão se destaca no topo da colina, no centro do "bairro do cartel". Acho que foi isso que o homem disse. Não sei exatamente. Ele fala, assim como todos aqui, muito rápido. Além da mansão, outras incontáveis casas, igualmente formadas por uma arquitetura impecável, complementam o cenário. Alguns carros parecem rumar da colina em direção ao estádio. São inúmeros veículos. E se aproximam em alta velocidade.

No perímetro do estádio, vários carros da polícia ligam suas sirenes. Preparam-se para o quê? Haverá um conflito com o cartel? Mas por quê? O que está acontecendo? Preciso voltar para junto de minha família, ouvir de meu pai alguma informação que faça sentido em um caos que somente cresce.

– *Gracias...* – digo para o homem, enquanto ele me ajuda a descer da caixa.

– *Hasta luego* – ele se despede com um sorriso no rosto, não parece se importar com o ambiente que o cerca. Será que é normal? Será que eu e minha família estamos preocupados sem motivo? Será que somente eu não sinto a calmaria que aquele homem sinaliza ter? A cada degrau, mais perguntas surgem. A cada fileira de cimento numerado, as sirenes aumentam seu já ensurdecedor volume.

– Mãe?! – grito ao notar que minha família não está no mesmo lugar onde os vi pela última vez. – Pai?! – paralisado, olho em volta. A gritaria, incessante perto da saída do estádio, abriga um número ainda maior de pessoas. Mesmo que minha família tenha ido para lá, é muito perigoso tentar procurá-los em meio à multidão.

Esperarei aqui, em nossos lugares. Em breve, eles retornarão. Afinal, não me deixariam sozinho.

Solitário, sento no gelado cimento. Durante cinco minutos, espero. Aguardo o retorno de algum rosto conhecido, até que ouço um som que nunca ouvi antes. É um tiro? O caos toma proporções incalculáveis. Outro tiro? Perto da saída do estádio, alguns torcedores forçam a grade de metal. Eles a balançam com fúria. Seus corpos usam toda a força que possuem. E, de repente, param. Lentamente, se afastam. Passo a passo, recuam perplexos com o que veem do outro lado da grade. E mais um tiro. Sujeitos bem-vestidos ganham acesso à arquibancada. É o cartel? Só pode ser. Eles portam armas. Eles controlam o estádio. A polícia não mais garante a segurança do espetáculo. Na verdade, o espetáculo não mais importa a essa altura.

Corro para a última fileira da arquibancada. Afasto-me o máximo possível da confusão. Ela, porém, facilmente me domina e me cerca por completo. À distância, observo as pessoas serem levadas para fora do estádio. A caixa, posicionada no mesmo lugar, me possibilita ver que na rua os carros se afastam levando diversos indivíduos. O homem dono da caixa não está mais aqui. Possivelmente está em um dos carros. Talvez esteja ao lado de minha família, sendo levado refém a um lugar controlado pelo cartel.

Poucos torcedores restam nas arquibancadas. E eu sou um deles. Um dos que aguardam pelo inevitável destino. Um dos que ainda cultivam a esperança de que o cartel irá embora, de que aqueles homens vestidos com ternos impecáveis já ficaram satisfeitos com o número de reféns. Mas sei que isso não é verdade. E tenho certeza que não é quando vejo um sujeito se aproximar.

– *¡Vamos!* – o homem grita em meus ouvidos. Com um empurrão, ele lança meu corpo ao chão. Na queda, machuco as palmas de minhas mãos. Não é um ferimento grave, mas logo sinto a ardência em minha pele.

Por que estão fazendo isso? Como ninguém os impede? Novamente, as perguntas que nunca terão respostas invadem meus pensamentos. No caminho para a saída, as refaço inúmeras vezes. Em nenhum momento, porém, cogito uma resposta. Qualquer argumento minimamente razoável é impossível nessa situação. Sem a calmaria, o ordenamento é parte de um desejo distante.

– *¡Entre!* – o homem me joga para dentro de um dos automóveis. Dentro da van, encontro pessoas assustadas. Alguns tremem, outros choram. Os mais aterrorizados, porém, mantêm-se calados.

Não pergunto a ninguém para onde vamos. Eles certamente também não sabem. Fora do veículo, a gritaria e a confusão logo desaparecem. Longe do estádio, a calmaria. Será que ela realmente existe? Temo que seja uma sensação temporária, uma vontade e nada além disso. As janelas estão tampadas por uma proteção negra, o que faz o exterior se tornar ainda mais distante e desconhecido. Durante a breve viagem, tento contar quanto tempo levamos ao nosso destino. Minha contagem, entretanto, rapidamente é perdida. Substituída por mais perguntas, ela fica embaralhada em um dos tantos números que passam por minha cabeça. Antes que possa determinar qual deles é o correto, a van para.

– *¡Fuera!* – um homem exclama ao abrir a porta do veículo.

Um dos últimos a sair do automóvel, me junto às outras pessoas em uma fila. Estamos em uma fazenda. À direita, um enorme celeiro vermelho. À frente, um considerável número de pessoas, trazidas aqui antes de meu grupo. À esquerda, um casebre.

O homem guia a fila da qual faço parte para junto do restante das pessoas. No caminho, vejo minha mãe e minha vó. Elas estão aqui! Apesar de ser atingido por uma extrema felicidade ao encontrá-las, não demonstro qualquer excitação. Continuo a caminhar. Elas sinalizam para que eu não me aproxime. Dizem que devo fugir. Por quê? Quando enfim rumo a um lugar tranquilo, elas tentam me convencer do contrário. Por que elas não me querem aqui?

Apesar de não entender a situação, decido seguir as instruções das únicas pessoas que conheço. A todo o momento, busco por uma brecha, um instante em que os homens não estejam prestando atenção. E a abertura chega. Corro na direção do casebre. Em meu trajeto, ouço um tiro. Sinto a dor da bala, mas sigo em frente. Escuto os gritos desesperados de minha mãe, mas sigo em frente.

Chego ao casebre e abro a porta. Rapidamente, escondo-me em um canto. Toco meu corpo e procuro por algum ferimento. A única dor que sinto, no entanto, é em minhas mãos. O machucado adquirido na arquibancada ainda dói. O restante, felizmente, está intacto. Respiro fundo. Tento fazer o maior silêncio possível. E fico escondido.

Por alguns minutos, permaneço no que parece ser um banheiro. Se fosse possível, ficaria aqui até qualquer barulho do exterior desaparecer. Se pudesse, aguardaria pelo retorno da calmaria. Mas isso não acontece. Alguém bate na porta. Alguém quer entrar. Talvez seja uma das pessoas que estavam no casebre quando entrei. Lembro-me de vê-las de relance. Por sorte, elas não me viram. Não até agora.

A porta se abre lentamente. Vejo a mão que a conduz. Em uma fração de segundo, a pessoa adentra o banheiro. Enquanto ela efetua o primeiro passo dentro do recinto, corro para fora. Ela não me nota. Não pergunta o que eu fazia ali. Deixa-me passar como se não tivesse me visto, como se eu sequer existisse.

No cômodo principal do casebre, várias mulheres de idade avançada trabalham. Espalhadas pelo lugar, preparam doces. Ao lado de um forno imponente, uma delas ri. Sentada a uma mesa, outra responde algo que não compreendo. As outras três, enquanto isso, trabalham em silêncio. Nenhuma delas me nota. Nenhuma delas para de fazer o que fazia.

Cuidadosamente, me aproximo de uma prateleira e pego um dos doces. Depois da viagem, a fome me obriga a tomar tal atitude, mesmo que isso custe meu sigilo. Antes de começar a comer, encontro um lugar atrás de um barril. Aqui, consigo ver o exterior através de uma janela.

Coloco o doce em meus lábios. Não mordo. Ainda não. Do lado de fora, as pessoas estão alinhadas. Afinal, o que está acontecendo? O chocolate derrete ao entrar em contato com minha saliva. Sinto seu gosto antes de minha língua. Antecipo o sentimento e enfim mordo. Meus olhos presenciam a execução das pessoas anteriormente mantidas reféns. Agora, elas não mais possuem tal denominação. O doce invade cada canto de minha boca. Não consigo parar de olhar. É tão horrível que simplesmente não consigo. Metade do doce jaz em minha barriga. Outra fileira de pessoas é disposta. Outra série de tiros é efetuada. Resta apenas uma mordida. Poucos indivíduos clamam por suas vidas. A maioria não tem mais o poder da fala. Alguns aceitaram seu destino. Hesito em dar a última mordida. Não quero que o doce acabe. As últimas pessoas são ordenadas. Entre elas, minha mãe e minha vó. E, então, o doce termina.

Afasto-me da janela sem a certeza do que vi. Perto de mim, a mulher sai do banheiro. Ela se junta às outras. Elas conversam naturalmente, alheias ao massacre que aconteceu a poucos metros de onde preparam mais uma fornada de pães e doces. Ainda escondido, escuto-as discutirem. Finalmente! Enfim notaram o que as cerca.

Uma delas aponta para o lugar onde peguei o doce. Ela sinaliza que algo está faltando. Esbraveja com sua colega sobre isso. Não... Não notaram o que as cerca. Revelo-me. Não há mais motivos para me esconder. Fito as mulheres e espero por uma repreensão. Aguardo por um julgamento. Elas, no entanto, não me veem.

– Não estão me vendo?! – grito. – Estou aqui! – coloco em risco minha vida. Entrego-me às pessoas que me tiraram tudo. Elas, no entanto, não me veem. Seus ouvidos, da mesma maneira, escutam apenas umas às outras. A conversa entre as mulheres continua. Não parecem chegar a uma conclusão sobre quem roubou o doce.

– *¿Un fantasma?* – uma delas questiona rindo. – *Admite tan pronto como fue usted.*

Não entendo exatamente o que dizem, mas uma delas tenta convencer as outras de que foi um fantasma. Embora eu esteja parado na frente delas, não me veem. Não tento gritar novamente. Aceito minha existência alheia a elas, assim como elas há muito tempo já aceitaram as suas alheias ao que acontece no exterior.

Afasto-me da companhia das mulheres. Rumo a uma porta que leva ao interior do casebre. Abro-a. Adentro um novo lugar. Fecho-a. Quando o faço, toda a luminosidade desaparece. Aqui, somente a escuridão. Assustado, titubeio em caminhar. Apesar disso, sequer penso em voltar. Essa não é uma possibilidade.

Tateando um chão que sequer sei se de fato existe, encontro uma passagem dentro do casebre. Sem opções, continuo em frente. Em poucos segundos, sinto que estou muitos metros abaixo da terra. O ar se torna sufocante. O teto pressiona meu corpo e, mesmo sem me tocar, me força a encolher todos os músculos. Espremido, prossigo somente porque... Por quê?

Um animal rasteja perto de onde estou. O barulho de suas garras, cavando e procurando por uma presa, se torna cada vez mais alto. Ele se aproxima. Sei que está perto. A qualquer momento, me alcançará. Mas não. Nada disso acontecerá. Vejo uma porta. Uma saída. Corro o mais rápido que posso. Sinto o animal também acelerar seu ritmo. Ele, porém, não terá o prazer de me pegar.

Abro a porta e logo sou cegado por uma forte luz brilhante. Como na escuridão, não vejo absolutamente nada. Os dois lugares, completamente diferentes, são iguais. Tão perdido quanto na passagem sob o casebre, continuo sem um objetivo. O som do animal, pelo menos, já não me assusta mais. Na verdade, não tenho medo do lugar onde estou. A calmaria, enfim, está no mesmo lugar que eu. Finalmente, ela me pertence.

O VÍRUS

Eles não sabem o que está por vir. Nós sabemos. Você, na verdade, saberá um pouco mais do que aqueles que o enfrentaram. Terá conhecimento, através de minhas palavras, sobre detalhes que eles não enxergaram ou simplesmente não tinham como saber.

– Acha que foi alguém de dentro?! – Robert pergunta enquanto observa seus arredores. Seus olhos encontram os corredores do lugar onde trabalhou por tanto tempo. Seus olhos, porém, não encontram familiaridade alguma. Tudo o que avista é estranho. As paredes brancas, as portas de vidro, as inúmeras salas e laboratórios.

– Só pode ter sido! – Camila responde. Diferente de seu colega, ela cerra os olhos e tenta enxergar algo além do mais completo caos. Ali, no entanto, tudo está tomado pelo vírus. Por mais que busque, ela não encontrará um lugar calmo.

O vírus

– Temos de ir! – a sirene soa e as luzes vermelhas iluminam os corpos dos dois.

Eles não sabem para onde rumam. Nós sabemos. Eu vi, e lhe conto agora, o que de fato aconteceu. No último andar do subterrâneo, onde os testes mais complexos eram realizados, um dos cientistas se tornou obcecado pelo vírus. Ao ver previsões e avaliações apenas confirmarem suas suposições, ele não resistiu. Libertou o que se espalha por toda a base. Robert e Camila não sabem. Eles não sabem que são os únicos que de fato sobreviveram. Não há como saberem. Em um dos inúmeros corredores, os dois somente ouviram o alerta e tentam fugir dali. Com o ponto de partida no quarto andar, a jornada deles será longa. Ao meu lado, você verá. Ao meu lado, talvez entenda o que entendi há muitos anos.

– Iremos pela escada? – Camila indaga quando nota que o elevador está desativado. O vírus não pode sair do subterrâneo. A vida de todos que ali trabalham é insignificante se comparada ao que existirá na superfície. Ninguém sequer saberá. Somente você. O escolhido. Denomine-se como achar melhor... Não importa. Importa que veja e impeça que tudo volte a ser como era.

– Sim! – Robert exclama. Até esse momento, eles não viram ninguém infectado. Até esse momento, eles não sabem do que fogem. O som do alarme é o que guia o medo. O medo, por sua vez, é o que guia a fuga.

Degrau a degrau, sobem. Não sabem que o vírus, nesse exato instante, se modifica. Ele entende que tornar seu usuário hostil não o libertará do subterrâneo. Ele, em poucos minutos, se transforma. Uma segunda geração. Filhos e pais que possuem a mesma identidade. Duas gerações que, por toda a base, tentam sobreviver. Uma delas sobrevive. A primeira, a qual matou todos que se encontravam em qualquer lugar desde o andar seis até o quinze, também morreu. Ela demorou a compreender o que a segunda geração já sabe.

– Robert! – Jonas exclama. Robert e Camila não sabem. Eles não sabem que são os únicos que de fato sobreviveram.

– Jonas! Finalmente encontramos alguém! – Robert saúda o ser que carrega a segunda geração do vírus.

– E os outros de seu andar? – Jonas questiona.

– Não sabemos. Quando notamos o aviso e deixamos nossa sala, não havia mais ninguém – a atenção dedicada ao trabalho impedira que, durante três minutos, Robert e Camila ouvissem o alarme. Cento e oitenta segundos foi o bastante para que todos deixassem o quarto andar. Alguns desceram em busca de suas pesquisas ou de alguém conhecido. A maioria, porém, subiu. A maioria chegou ao segundo andar e encontrou a saída trancada. A maioria teve ali seu fim. Tomados pela segunda geração do vírus, tentam nesse exato instante encontrar uma maneira de deixar o subterrâneo.

– Acho que todos subiram. Pelo que parece, todos que sobreviveram se reuniram no segundo andar – Jonas diz. Robert e Camila não sabem. Eles não sabem que são os únicos que de fato sobreviveram.

– Então vamos para lá! – Robert exclama. O vírus sabe. Ele usa os olhos de Jonas e vê que aqueles dois seres não carregam seus semelhantes. O vírus, em sua versão menos agressiva, usará a manipulação para atingir seus objetivos.

Está começando a entender? Está começando a perceber o que aconteceu? Enxerga o que esse acontecimento desencadeou? Espero que sim. Espero que meu relato não seja em vão.

Enquanto sobem em direção ao segundo andar, os três ouvem uma forte explosão. Você a ouve? A entende? Sinta o medo que eles sentiram nesse momento. O receio por parte de Robert e Camila. Jonas, por outro lado, sorri. Ele entende. O vírus que domina seu corpo entende. Eles sabem o que aquele som significa. Eu sei. Em breve, você também saberá.

– Será que encontraram um jeito de sair? – Camila indaga.

– Espero que sim... – Robert murmura.

– Vamos – Jonas os incentiva. Ao chegarem ao segundo piso, todas as respostas deles, assim como as suas, são respondidas.

– Parados! – o exército aponta suas lanternas para os três corpos. Atrás do batalhão, Robert observa seus colegas de base subirem rumo à superfície. Ele não sabe que seus companheiros carregam o vírus. Ele, aos poucos, não se reconhece naqueles rostos. A essa altura, os soldados também o carregam. Todos, a não ser ele e Camila, estão infectados. Você se pergunta como o vírus se transmite. O que de fato ele é. Como consegue dominar pessoas tão rapidamente.

— O que está acontecendo? — Robert questiona. Antes que possa ouvir a resposta, ele é atingido por um dardo tranquilizante. Da mesma maneira, Camila é alvejada. Jonas, enquanto isso, observa a cena e caminha entre os soldados em direção à superfície. À superfície, os seres rumam. Incapaz de entenderem verdadeiramente aonde vão, caminham a esmo. Não criam, não progridem.

O vírus identifica seus semelhantes. Ele tenta espalhar sua semente por todos os corpos possíveis. Em Camila e Robert, no entanto, ele não consegue. Por quê? O que eles têm de especial?

Robert acorda dias depois. Está vestido com um traje de guerra. Ele já viu tais roupas em propagandas políticas. Ao seu redor, ele encontra rostos das mais variadas idades. Crianças, velhos. Em suas expressões, entretanto, ele não se reconhece. Robert não sabe. Ele não sabe que é o único que de fato sobreviveu.

— O que está acontecendo? — ele pergunta a uma senhora de cerca de oitenta anos. É quase inacreditável para os olhos de Robert que ela esteja vestida com um dos trajes. — Está me ouvindo? — com o capacete, ele não sabe se sua voz ecoa pelo ambiente ou se permanece presa em seus pensamentos. — O que está acontecendo? — ele nota que todos parecem estar em um estado de transe.

Todos estão infectados. Todos que um dia ele já conheceu estão infectados. Todos que um dia você já conheceu estão infectados. Eu, você pergunta. Eu não estou. Da mesma forma, agora sei que você também não está. Em nossa visão privilegiada, acompanhamos o desenrolar de fatos. Eu os conto a cada letra escrita. Você os lê a cada sílaba escutada.

Você não tem voz. Eu controlo sua voz. Eu tento, da maneira que posso, prever o que você pensa. Eu tento, da maneira que posso, criar alguém para ouvir minha história. E você ouve. Atentamente, lendo essa palavra, você me ouve. Em seus pensamentos, minha voz ecoa. Ela não é sua. Pela primeira vez, um pensamento que não lhe pertence infecta sua mente. É isso que aconteceu? Esse é o vírus?

Medo? Não. Não é isso que sente. Confusão, talvez seja. Não sei... Embora controle cada pensamento que passa por sua mente, ainda sou incapaz de controlar o que você sente. Isso ainda resta. No fundo, essa é sua única posse. Se fechar os olhos e parar de ler agora, verá a história continuar da maneira que quiser. Eu apenas a conto. São os personagens que a constroem. E, dessa vez, já que você é um, você a fará prosseguir.

O que é o vírus, afinal? Um olhar é suficiente para transmiti-lo. Mas não para Robert. Mas não para Camila. Eles são imunes porque foram eles quem criaram essa história. Como já disse, apenas a conto. E você, já que não está infectado, entenderá. Robert não sabe. Ele não sabe que é o único que de fato sobreviveu.

Se somente ele de fato sobreviveu, como continua a viver? Em um mundo em que uma alma transita entre corpos vazios, como saber que você é o detentor de sua alma? Os que observam pensam que são eles quem a possuem. A partir de seus pontos de vista, a realidade se molda. Assim como todas as histórias já contadas, ela existe de uma maneira diferente para você. Acha que eu falo com você? Eu também acho. Em que ponto a história continuará? Quando seus olhos tomarão conta dos dedos que escrevem e farão com que o enredo prossiga? O quão importante ele é?

– O que está acontecendo? – Robert insiste. Ele pisca. E pisca mais uma vez. Repetidas vezes. Tenta enxergar o que nós vemos. De cima, observamos tudo. Lá embaixo, ele se esforça para possuir um pouco do conhecimento que possuímos de uma maneira tão fácil.

– Robert...? – Camila surge ao lado dele. Robert e Camila não sabem. Eles não sabem que são os únicos que de fato sobreviveram.

– Camila...? – ele gagueja.

– Como viemos parar aqui? Por que estamos aqui?

Peça a peça, o traje se desfaz. Presos. Imóveis. Lentamente, respiram. Progressivamente, se libertam. Respiração após respiração. Enfim livres.

– Não sei... – Camila balbucia.

À medida que os trajes desaparecem, o cenário ao redor muda. Antes, uma sala escura. Agora, um campo aberto. Um pasto ralo e perfeitamente verde preenche toda a paisagem. Não existem animais ali. Somente eles dois formam a população do lugar.

– O vírus... O que ele é? – Robert indaga.

– Como saber?

– Creio que ele não nos infectou. Caso contrário, saberíamos – você deve estar se perguntando se posso responder às perguntas feitas por eles. Não. Estranhamente, meu conhecimento torna-se limitado com o passar do tempo. Cada vez mais, são eles quem comandam a história.

– O vírus é o que os separa dos animais – sussurro em seus ouvidos. Interfiro no enredo mesmo que dissesse que nunca o faria. Talvez um dia me perdoe por não ter deixado você conduzir a sequência de eventos. Talvez um dia me perdoe por não tê-lo deixado conduzir a sequência de eventos. Essa história não é mais minha. É sua. Desculpe-me, simplesmente sou incapaz de me controlar.

– Será que é possível? Quem somos, afinal? – Robert questiona.

– Somos os únicos? Os primeiros? Uma nova espécie que não está infectada? – Camila supõe. A natureza do vírus não mais importa. Ele desapareceu junto com seus antigos hospedeiros. Aqueles seres, nem humanos, nem animais, carregaram a chave que possibilitou o verdadeiro avanço. Preso neles, o vírus não conseguiu invadir os corpos de duas pessoas.

– O que nos diferencia? – Robert pergunta. Em sua mente, o primeiro raciocínio. O primeiro verdadeiro questionamento. O nascimento de um novo ser. Sem o vírus, livre.

– Começaremos sozinhos? – Camila questiona.

– É o que parece... – Robert olha em volta e vê o mundo aos seus pés.

Você acha que eles estão certos? Como saber? Sempre achei que soubesse muito mais do que eles pudessem imaginar. Agora, no entanto, vejo que realmente apenas narro as histórias para você. Um espectador que espera por um final incrível, que acompanha o enredo e se questiona, a cada segundo, se algo faz sentido.

– Nós conduziremos a humanidade – Camila anuncia.

– Humanidade? O que é isso? – confuso, Robert retruca. Robert e Camila sabem. Eles sabem que são os únicos que de fato sobreviveram.

– Nós a definiremos com o passar dos milênios. Somos os primeiros, afinal, a possuir o que nos diferencia daqueles seres infectados.

– O que nos diferencia? – Robert pergunta.

– Nossa consciência! Não entendeu ainda?

– Mas éramos conscientes antes. Todos eram...

– Éramos, mas estávamos presos... Quase tão presos quanto aqueles infectados pelo vírus! – Camila diz com firmeza.

Seu discurso torna-se mais persuasivo que o meu. Escute-a a partir de agora. Eu não sou mais útil. Tudo que precisará compreender será exposto através dos lábios dela. Verdadeira sabedoria. Verdadeiro conhecimento.

– O que era o vírus? – Robert tem medo em aceitar sua natureza. O novo o assusta. Estranhamente, Camila abraça o desconhecido e o transforma em algo que ela possa entender.

– Era o fator que definiu quem dominaria o mundo! Ele impedia que desenvolvêssemos as características que nos tornam humanos! Já lhe falei, homem!

– Homem?

– Sim. Nos chamaremos assim agora. Homens e mulheres!

– Por quê?

– Porque somos diferentes dos infectados. Somos superiores!

Ela me assusta com essas palavras. E você, como encara o orgulho dela? Da "mulher"? Concorda com essa denominação? Eles realmente precisam de um novo nome? Não podem existir ao lado dos seres infectados?

– Ainda não entendo... O que nos torna humanos? – Robert insiste. O "homem" se nega a aceitar o destino.

– Não lembra como éramos antes? Não possuíamos futuro algum.

– E as pesquisas que realizávamos? – ele insiste.

– Elas apenas nos possibilitaram chegar até esse momento. A partir de agora, nada mais importa – ela diz sorrindo. – O passado existe desde o instante em que viemos para esse lugar. Aquela base, as pesquisas, tudo será esquecido em um piscar de olhos. Em pouco tempo, não lembraremos quem um dia fomos e nos concentraremos em pensar em quem queremos ser.

Não sei se posso acrescentar algo. Ao meu lado, você viu o surgimento da humanidade. Nesse momento, a história se torna tão imprevisível que sou incapaz de dizer que terei alguma utilidade. Sinta-se livre para seguir seu caminho, seja aqui junto comigo ou lá embaixo ao lado deles. Crie sua história. Termine-a da maneira que desejar.

IMPRESSÃO:

PALLOTTI
GRÁFICA

Santa Maria - RS | Fone: (55) 3220.4500
www.graficapallotti.com.br